살짜쿵 탁구

살짜쿵 탁구

초판 1쇄 발행 2024년 11월 22일

지은이 류선
펴낸이 강수걸
편집 강나래 오혜은 이선화 이소영 이혜정 김효진 방혜빈
디자인 권문경 조은비
펴낸곳 산지니
등록 2005년 2월 7일 제333-3370000251002005000001호
주소 부산시 해운대구 수영강변대로 140 BCC 626호
전화 051-504-7070 | 팩스 051-507-7543
홈페이지 www.sanzinibook.com
전자우편 sanzini@sanzinibook.com
블로그 sanzinibook.tistory.com

ISBN 979-11-6861-393-5 03810

살짜쿵

탁구

류선 지음

스매싱에 웃고
드라이브에 우는
탁구인의 기쁨과 슬픔

산지니

무언가를 계속하고 싶은 마음

"똑같은 구질의 탁구인은 하나도 없다."

탁구장의 저녁 풍경은 어제와 비슷하다. 나이와 성별이 다르고, 하는 일도 제각각인 사람들이 같은 시간 같은 장소에 모여 저마다의 이유로 탁구를 친다. 어제와 다르지 않은 인사를 건네고 어제와 크게 다르지 않은 탁구를 친다.

탁구는 파트너와 함께하는 운동이지만 탁구대의 거리가 사람과 사람 사이의 간격을 적당히 유지해 준다. 이 거리를 무시하다간 어느 곳에서나 흔히 일어나는 갈등이 생길 수 있다. 둘이어야만 할 수 있는 운동이지만 탁구대를 마주 보고 선 각자는 자신의 스타일대로 탁구를 친다. 마치 각자의 자리에서 자신의 스타일대로 살아가는 우리네 모습과 닮아 있다.

"40년 동안 탁구 이야기를 하는데 하나도 질

리지 않는다."

사실 이런 게 궁금했다. 탁구, 대체 이게 뭐라고 저렇게까지 열심히들 치는지. 말로는 힘들어 죽겠다고 투덜거리면서도 탁구대에만 서면 어디서 또 그런 힘이 나오는지. 탁구에 관한 것이라면 매일 이야기해도 재미있다며 침 튀겨 가며 탁구로 대동단결하는 사람들. 밥이 나오는 것도 아니요, 대단한 명예나 부가 따라오는 것도 아니요, 체력이 길러지기는커녕 오히려 점점 더 체력이 소모되는 탁구에 온 마음을 다하는 사람들. 이 사람들의 정체가 궁금했다. 탁구가 대체 어떤 매력이 있길래? 탁구라는 세계는 도대체 어떤 세계이길래? 이 책은 어쩌면 그런 질문에서 시작되었는지도 모른다.

사실 이런 사람들이 좋았다. 1년 차부터 3, 5, 10, 20년 차 그리고 40년 차의 관장님까지 탁구에 관한 이야기라면 너 나 할 것 없이 눈을 반짝이는 사람들. 이런 눈들의 반짝임이 좋았다. 반짝이는 세계를 가진 인간만이 내는 광채가 부러웠다. 나도 이 세계의 일원이 되고 싶었다. 탁구 치는 행위 자체에 순수하게 즐거움을 느끼는 사람들의 세계에서 함께 반짝이고 싶었다. 탁구장에 가만히 앉아 일사불란하게 탁구 치는 사람들을 보고 있노라면, 마치 딴 세상에 와 있는 듯한 착각이 든다. 세상의 쓸모와는 전혀 다른 방식으로 작동되는 세계. 이러한 세계를 가진다는 건, 그리고 매일 경험할 수 있다는 건 여간 멋진 일이 아니다.

"제 방식대로 탁구에 미쳐 있습니다."
좋아하는 마음을 표현하는 방법은 제각기 다르다. 내 경우 탁구 치는 시간을 늘리기보다는 탁구를 하면서 생겼던 수많은 질문과 고민에 대한 글을 쓰는 것으로 탁구에 미친 시절을 통과하는 중이다. 무언가를 좋아한다는 건 그것에 대해 궁금해하는 감정이라는데 나는 탁구란 놈이 궁금해 미치겠다. 그래서 탁구라는 세계를 둘러싼 것들을 하나도 남김없이 알아내고야 말겠다는 열망으로 탁구 기술뿐 아니라 탁구장에서 오가는 말, 행동, 감정, 심리, 인간관계 등을 가리지 않고 쓴다. 탁구에 관한 글을 쓰기 위해 읽고 필사하고 토론 모임을 한다고 해도 무방할 정도로 일상의 모든 것들을 기승전 탁구로 연결시킨다.

좋아하는 세계에 대해 자문자답하는 과정을 통해 내 세계도 넓어지고 있다. 미처 몰랐던 내 모습에 깜짝깜짝 놀라기도 하고 무심코 지나치던 주변 사람을 한 번 더 쳐다보기도 하고 가끔은 오지랖을 부려 가며 인생에 대한 생각도 한다. 마치 탁구라는 세계를 통해 세상을 다시 배우는 느낌이다. 좋아하는 세계를 알려다가 그보다 더 넓은 세계를 가지게 되었다. 드디어 나도 반짝이는 세계를 가지게 된 걸까?

탁구대를 오가는 탁구공 소리만 들어도 좋고 탁구 이야기에 나도 모르게 흥분해 톤이 점점 올라가기도 한다. 내 눈은 누가 봐도 좋아하는 세계를 가진 자의 눈이 되었다. 머리만 쓰느라 납작했던 하루도 탁구 덕분에 생기를 띠게 되었다. 낮에는 작가 지망생으로, 저녁에는 생활체육 탁구인으로 살며 글쓰기의 세계와 탁구라는 세계를 넘나들고 있다. 탁구로 중심을 잡으며 읽고 쓰는 사람으로 살고 있다.

"연습만 해도 재미있는 걸 어떡합니까?"

주말을 제외하고 매일 저녁 8시 탁구장에 출

근해 10시에 퇴근하는 루틴형 탁구 생활을 하고 있다. 이렇게 좋아 죽겠는 탁구를 지치지 않고 오래오래 하고 싶어 내 기질대로 탁구를 친다. 경쟁하는 걸 좋아하는 성향이 아니기에 게임보다는 연습하는 걸 좋아한다. 다행히 반복하는 걸 지루해하지 않는 성격이라 나름의 연습 시스템을 만들어 놓고 거의 매일 똑같은 연습을 한다. 같은 시간, 같은 장소, 같은 시스템.

이렇게 탁구 기술을 반복적으로 연습하다 보면 어느 날 연습해 온 기술이 무의식적으로 나올 때가 있다. 마음먹은 것도 아니고 의도한 것도 아닌데 저절로 몸이 움직여지는 순간, 그 순간을 좋아한다. 연습한 딱 그만큼만 모습을 드러내는 정직성이 마음에 든다. 읽고 쓰느라 머리가 터질 것 같은 날이면 더 열심히 탁구장을 뛰어다닌다. 그러다 보면 머릿속이 텅 비어 아무것도 남아 있지 않은 순간이 찾아온다. 전혀 다른 세상에 와 있는 듯한 그 순간을 열렬히 사랑한다. 그 맛에 탁구를 친다. 마음먹었던 연습량을 숨이 턱에 차게 어떻게 해서든 채우고 나면 하루의 작은 목표를 달성한 사람이 된다. 뭐라도 할 수 있는 사람이 된다.

그러면 다음 날 다시 책상에 앉을 힘이 난다. 낮에 좀 게으르게 살았다 싶은 날은 저녁에 더 뛰어다닌다. '오늘 하루도 참 열심히 살았구나!'라며 하루를 단정하게 마무리한다.

"어떤 탁구인을 꿈꾸나요?"

연습을 좋아한다고 해서 실력 향상에 대한 욕심이 없는 건 아니다. 백 드라이브와 포핸드 드라이브를 자유롭게 구사하는 탁구인을 꿈꾼다. 언제 완성될지 모르지만 매일 지겹게 하는 모든 연습과 레슨의 방향성은 이를 향해 있다. 꿈꾼다 해서 다 이루어지진 않는다는 걸 아는 나이지만 이렇게 하루하루 목표에 다가가는 일상이 좋기에 루틴으로서의 탁구를 좋아한다. 이러한 스타일의 탁구인을 꿈꾸며 어느 날은 폴짝폴짝 희망찬 발걸음으로 탁구장으로 가기도 하고 어느 날은 마지못해 꾸역꾸역 가기도 한다. 또 어느 날은 아침부터 마음이 이미 탁구장에 가 있기도 한다.

그럼에도 포핸드 드라이브처럼 공을 들여도 잘 안 되는 것이 있다. 그래도 계속하다 보면 '언젠가는 되겠지?'라는 마음으로 포기하지 않는다.

살짜쿵 탁구

포기하고 싶지 않아서 다리는 후들거리고 온몸이 두들겨 맞은 듯 고단하지만 '그래도 몸 어느 구석에선가 조금씩 늘고 있겠지?'라는 믿음으로 그 기술을 구사할 날을 기대하며 마음을 쏟는다. 매일 마음 쏟는 활동이 있다는 것만으로도, 계속하고 싶은 게 있다는 것만으로도 뿌듯한 날들이 계속될 줄 몰랐다.

"당신은 어떠한 방식으로 탁구와 마주하고 있나요?"

이 책은 탁구를 하면서 들었던 수많은 질문과 고민에 대한 지극히 개인적인 기록이다. 그러나 탁구인이라면 누구나 겪었을 법한 이야기이기도 하다. 이 책을 통해 탁구인들이 "나도 이런 거 궁금했는데, 나도 이런 고민한 적 있는데, 우리 탁구장에도 이런 사람 있는데"라는 공감대를 형성했으면 좋겠다. 그래서 탁구에 대한 생각, 사람에 대한 생각, 더 나아가 인생에 대한 생각을 나누었으면 좋겠다. 그리고 오늘도 탁구대 앞에서 눈을 반짝이고 있을 당신이 탁구를 왜 좋아하는지, 탁구를 어떤 방식으로 치고 있는지, 어떤 탁구인을 꿈꾸는지, 탁구가 당신에게 어떤 의미가 있는지 잠시 돌아보는 시간이 되면 좋겠다.

"20년 탁구를 했는데 이제야 탁구가 뭔지 조금 알겠다."

예전 코치님이 이런 말을 해서 깜짝 놀란 적이 있다. 이제야 이 말의 의미를 어렴풋하게나마 알겠다. 5년 차니까 이제 막 탁구라는 세계에 한발 내디딘 거겠지? 탁구라는 세계를 통해 내 세계는 얼마나 더 확장될까? 그러니 아직 끝난 게 아니다. To Be Continued.

살짜쿵 탁구

생활체육 탁구인이 알려 주는
탁구 기본 용어

[기본 용어]

랠리(rally) 탁구, 테니스, 배드민턴, 배구에서 양편의 타구
가 계속 이어지는 일.

포어사이드(fore side) 라켓을 쥔 쪽의 코트, 화쪽이라고도
한다.

백사이드(back side) 라켓을 쥐지 않은 쪽의 코트, 백쪽이
라고도 한다.

3구 연습 3구째 공격의 기본을 익히는 연습. 서비스 넣고
리시브 되어 오는 공을 3구째에 바로 공격하는 연습.

시스템 연습 코스를 정해 놓고 하는 연습. 서로 어떻게 움직
일지 미리 정해 놓는 연습 방법이다.

러버(rubber) 라켓에 붙이는 고무.

핌플 인 러버(pimple in rubber) 평면 러버. 돌기가 안으
로 스펀지에 접해 있고 바깥은 평평한 것으로 회전이나 스피
드를 주기에 용이하여 일반적으로 가장 많이 사용되는 러버

이다. 민 러버라고도 한다. 평면 러버 사용자를 민 러버 전형이라고 한다.

핌플 아웃 러버(pimple out rubber) 돌출 러버. 돌기가 밖으로 나와 있는 것을 말하며, 평면 러버보다는 회전에 영향을 덜 받아서 회전공을 받아칠 때 유리하지만, 자신이 회전을 걸기에는 어렵다. 돌출 러버 사용자를 핌플 러버 전형이라고 한다.

부수 부수 제도는 실력이 비슷한 사람들을 여러 단계로 묶어서 구분해 놓은 제도. 지역에 따라 1부부터 7~9부까지 있다.

핸디 핸디캡의 줄임말로 운동경기에서 기량의 차이가 나는 경기자에게 이길 기회를 공평하게 주기 위하여 우월한 경기자에게 지우는 불리한 조건을 뜻한다. 탁구에서는 상위 부수가 하위 부수에게 점수를 주고 경기를 시작한다.

네트 네트 맞고 넘어간 공으로 득점했을 때

에지 넘어간 공이 엣지에 맞아 득점했을 때

탁구 로봇 탁구공을 자동으로 발사하는 기계. 발사속도, 회전, 각도를 조절해 자신의 수준에 맞는 맞춤형 연습이 가능하다.

[타법 및 기술 용어]

포핸드 스트로크(forehand stroke) 라켓을 쥔 팔의 방향에서 전면으로 타구하는 것. 주로 포핸드(forehand)라 불리며 '화'라고 줄여서 말한다.

백핸드 스트로크(backhand stroke) 라켓을 쥐지 않은 팔의 방향에서 타구하는 것. 주로 백핸드(backhand)라 불리며 '백'이라고 줄여서 말한다.

쇼트(short) 백핸드로 짧게 밀거나 치는 타법.

푸시(push) 백핸드로 공을 앞으로 강하게 미는 기술.

커트(cut) 공을 후퇴회전(하회전)시켜 치는 타법. 화쪽에서 하는 커트를 포핸드 커트(forehand cut), 백쪽에서 하는 커트를 백핸드 커트(backhand cut)라고 한다. '화커트', '백커트'라 줄여서 말한다.

스매시(smash) 볼이 네트보다 높게 바운드되거나 천천히 올 때 볼에 몸 전체의 체중을 실어 타구하는 공격적인 타법. 스매싱이라고도 한다.

스트로크(stroke) 공을 치는 것.

커트 볼 스트로크(cut ball stroke) 커트 공을 치는 것, '스트로크'라고 줄여서 말한다.

드라이브(drive) 공을 아래에서 위로 회전시키는 타법. 정식명칭은 탑스핀(top spin)이다.

포핸드 드라이브(forehand drive) 라켓을 쥔 팔의 방향에서 탑스핀을 걸어 타구(스윙)하는 것. '드라이브'라고 줄여서 말한다.

백핸드 드라이브(backhand drive) 백핸드로 회전을 거는 타법. '백 드라이브'라고 줄여서 말한다.

플릭(flick) 네트 부근의 짧고 낮은 공을 손목을 이용하여 가볍게 타구하는 것. 백쪽에서 하는 플릭을 백핸드 플릭(backhand flick), 화쪽에서 하는 플릭을 포핸드 플릭(forehand flick)이라고 한다. '백플릭', '화플릭'이라고 줄여서 말한다.

치키타(chiquita) 탁구대 위에서 백핸드로 횡회전을 걸어 받아치는 기술. 공의 궤도가 치키타라는 이름의 바나나와 비슷하다고 해서 '치키타'라고 부른다.

포핸드 서비스(forehand service) 자신이 라켓을 잡고 있는 손 방향에서 넣는 서비스.

백핸드 서비스(backhand service) 자신이 라켓을 잡고 있는 반대편에서 넣는 서비스.

후퇴회전(역회전성) 서비스 공의 밑면을 깊게 파고들어 손목의 스냅을 이용해 후퇴회전(under spin)을 강하게 거는 기술. 가장 기본이 되고, 가장 많이 사용되는 서비스. 커트 서비스라고도 한다.

무회전 서비스(knuckle service) 후퇴회전 서비스와 같은 폼으로 넣지만 임팩트 시 후퇴회전이 걸리지 않도록 넣는 서비스.

사이드스핀 서비스(side spin service) 공의 옆 부분을 문

지르듯 쳐 말 그대로 사이드스핀을 거는 서비스다. 횡회전 서비스라고도 한다.

리시브(receive) 서비스를 받는 것.

디펜스(defence) 수비, 방어하는 것.

*참고 도서

1. 『셀탁족을 위한 콕! 찍어보는 탁구비법 기초편』(안국희, 바로세움, 2015)

2. 『NEW 탁구교본: 타법 전술 연습』(미야자키 요시히토, 김 정환 옮김, 현정화 감수, 삼호미디어, 2016)

3. 『탁구 마스터 가이드』(오에 마사토, 조미량 옮김, 유남규 감수, 싸이프레스, 2011)

차례

4장 단체전: 인생을 알아 가는 중입니다

1장

입장:
탁구라는 세계를 알아 가는 중입니다

탁구장에 이상한 여자가 있어요

저녁 8시. 오늘도 어김없이 그녀가 탁구장 문을 빼꼼히 열고 들어선다. 좌우로 머리를 돌려 가며 "안녕하세요. 안녕하세요." 구장에 있는 모두에게 인사를 한 후에야 가방에서 라켓과 수건, 텀블러를 꺼낸다. 텀블러에 물을 가득 채운 후 탁구 로봇이 있는 기계실로 향한다. 스트레칭으로 몸을 풀기 시작하는데 폼이 예사롭지 않다. 손바닥이 바닥에 닿게 허리도 구부리고 깍지 낀 손을 머리 위로 올리더니 허리가 꺾이도록 좌우로 흔들기도 한다. 양쪽 다리 풀어 주는 것도 잊지 않는다. 무슨 의식을 치르듯 스트레칭한다.

스트레칭이 끝남과 동시에 로봇을 세팅한 후 백핸드를 시작으로 연습한다. 본인만의 시스템이 있는지 어느 정도 시간이 흐르면 다시 로봇을 세팅하고 그에 따른 연습을 한 뒤 다음 연습으로 넘어가길 반복한다. 백핸드, 푸시, 백핸드 드라이브, 포핸드 드라이브, 스매싱 순으로 진행되는 것 같다. 바로 옆에서는 관장님 레슨이 20분간 이루어지는데 한 사람의 레슨이 끝나도 그녀는 기계실 나올 생각을 하지 않는다. 그녀의 마지막 연습은 대부분 스매싱으로 끝나는 것 같다. 화쪽에서 스매싱 코스 가르기와 백쪽에서 돌아서 스매싱 가르기를 하고 나서야 기계실을 나온다. 땀범벅이 된 그녀는 여벌의 상의를 챙겨 탈의실로 들어가더니 새로운 유니폼으로 갈아입고 다시 등장한다. 1부가 끝나고 2부가 시작되는 건가?

그녀는 "아이고 힘들다."라는 말과 함께 신음을 내며 의자에 몸을 부리고 휴식을 취한다. 그리곤 금세 핸드폰에 뭔가를 적기 시작한다. 고개를 푹 숙인 채 자판을 두드린다. 레슨이 끝나도 뭔가를 적던데 습관인가 보다. 어느 날 한 회원이 뭘 그렇게 쓰냐고 물었더니 "제가 자꾸 까먹어서 뭘 연습해야 할지, 뭐가 부족한지 쓰고 있어요."라고 답한다. 이런! 글로 탁구를 배우는 모양이군. 메모도 하고 다른 회원들이 탁구 치는 모습도 보고 레슨장 쪽도 쳐다보며 한참을 쉬더니 파트너와 연습하러 나간다.

파트너는 주 3일 정도 그녀와 연습하는 것 같다. 그렇게 함께 연습한 지 2년이 넘어간다고 한다. 그와의 연습도 탁구 로봇처럼 시스템이 있는지 서로 번갈아 연습하는데 사뭇 진지하다. 특히 그녀는 백쪽에서 돌아서 스매싱할 때 끙끙거리는데 그 소리가 유난히 커 본인도 난감해한다. "물의를 일으켜 죄송합니다."라고 미안해하는 그녀에게 대놓고 말하지는 못하지만 듣기 거북할 때가 한두 번이 아니다. "대회 나가면 그 소리 어쩔 거야? 빨리 고쳐야 해."라고 우려하는 회원도 있다. 관장님은 "선수들도 그런 소리를 내."라고 말하지만 선수들이 내는 소리와 그녀가 내는 소리에는 엄연한 차이가 있다. 그녀도 그걸 아는지 노력은 하는 것 같으나 쉽게 고쳐지진 않는 것 같다. 어찌 되었든 그녀는 매일 거의 같은 시스템을 연습하고 있다. 연습 시스템이 진화하고 있어 연습하는 게 너무 재미있다는 그녀. 연습하지 않고 집에 가면 운동하지 않은 것 같아 짜증이 난다는 그녀. 한 회원은 "매일 똑같은 것만 연습하는 거 지겹지도 않냐? 토 나오겠다." 말하기도 하고 또 다른 회원은 "그렇게 연습했으면 난 벌써 2부수 올렸겠다." 비웃기도 한다. 왜냐하면 그녀가 연습만 하고 게임을 하지 않기 때문이다.

탁구라는 세계는 모름지기 승부를 내야 하는데 승부 내는 걸 거부하고 있다. "매일 보는 사람들과 승부 내고 싶지 않아요. 매일 보는 사람들과 경쟁하며 사는 거 성향에 맞지 않습니다."라며 게임을 거부한다. 게임을 해 보겠다고 하던 때도 있었는데 요즘은 아예 시도조차 하지 않는다. 독특한 캐릭터다.

처음엔 그녀가 게임하지 않는 걸 두고 말들이 많았다. "연습만 할 거면 탁구는 뭐 하러 쳐?", "게임을 해야 실력이 늘지" 등등. 그럼에도 그녀는 꿋꿋하게 자신의 방식대로 탁구를 친다. 파트너가 아닌 회원과 탁구 칠 때는 상대에게 정중하게 양해를 구하고 연습하든지 게임과 비슷한 3구 연습을 한다. 이제는 구장 회원들도 그러려니 한다. "원래 쟤는 연습만 하는 애야." 캐릭터가 만들어졌다. 부득이한 경우에는 어쩔 수 없이 게임을 하지만 대부분은 피한다.

그녀가 탁구 치는 루틴은 단순하다. 레슨 받거

살짜쿵 탁구

나 기계실에서 로봇과 연습하거나 탁구대에서 누군가와 연습하거나. 연습할 사람이 없으면 서비스 연습을 하거나 때로는 회원들이 가고 난 후 자습한다며 홀로 남기도 한다. 어떻게든 본인 연습량을 채우려고 한다. 누가 그렇게 연습하라고 강요한 것도 아닌데 연습으로 시작해서 연습으로 끝을 낸다. 연습에 중독되었나? 그러면서 하는 말이 가관이다. "집에 가서 맛있게 맥주 먹으려고 그래요. 힘들게 운동해야 맥주 맛이 좋거든요." 이 정도면 이상한 여자 맞지 않나요?

그 이상한 여자? 바로 나다. 이 글을 빌려서 조금은 특이한, 아니 어쩌면 많이 특이한 나를 인정해 주는(?) 관장님과 회원분들께 고마움을 전하고 싶다. 성향대로 탁구 칠 수 있게 해 주어 감사하다. 그리고 죄송하다. 다들 어쩔 수 없이 그러려니 하겠지만 나 또한 회원들과 게임 하지 않는 것에 대한 부채 의식이 언제나 마음 한쪽에 자리 잡고 있다.

다른 사람에게 큰 피해를 주지 않으니 내 방식이 괜찮다고 생각할 수도 있지만 내 방식을 고집하는 것 자체가 다른 회원들에게 불편할 수도 있다는 걸 안다. 누군가는 "알면서도 그런다고? 더 나쁜 거 아냐?"라고 말할 수 있겠지만 그렇다고 노력을 하지 않은 건 아니다. 집을 나설 때 '오늘은 기필코 게임을 하리라' 마음먹고 탁구장에 출근한다. 하지만 어느새 탁구 로봇과 연습하고 있거나 파트너와 연습하고 있다. 이렇듯 몸이라는 건 생각 이전에 습관으로 움직인다. 그래서 이렇게 글이라도 써서 연습에 매몰되어 가고 있는 나를 객관화시키고 있다. 일상에 작은 균열을 일으켜 게임의 세계로 들어가길 바라면서 말이다.

'봐, 너 좀 이상하지 않니?'

루틴형 인간의 탁구 생활

저녁을 먹은 후 탁구장으로 향한다. 하루의 2막이 시작된다. 종일 글쓰기와 책 읽기로 칩거하는 인간인 내게 탁구장은 하루의 마지막을 잘 닫기 위한 관문이자 내일도 책상에 앉을 힘을 키워주는 곳이다.

탁구장 문을 열고 기계실이 비어 있는지부터 살핀다. 내 루틴은 기계실에 있는 탁구 로봇과의 연습에서부터 시작된다. 운동을 시작하겠다는 신호를 주어야 몸도 만반의 준비를 할 테니 굳어 있는 몸을 가볍게 스트레칭한다. 그제야 낮 동안 잊고 지내던 몸이 자각된다. 로봇을 세팅한 후 관장님께 배우고 있는 기술들을 연습하기 시작한다. 백핸드, 푸시, 백 드라이브, 포핸드 드라이브, 스매싱 순으로 연습하다 보면 몸에 점점 열이 오른다. 짧게는 20분, 길게는 40분 정도 연습한다. 어느 날은 안 되지만 더 많이 안 되는 기술 중심으로, 어느 날은 잘 되는데 더 잘하고 싶은 기술 중심으로 그날그날 다르다.

연습 없이 레슨실에 들어가는 걸 싫어하는 스타일이다. 레슨에 대한 나름의 예의이기도 하다. 어느 고수님의 말마따나 자세는 국가대표급이다. 현생에 국가대표가 되기는 불가능하니 자세와 마인드에서만큼은 국가대표가 되고 싶다. 물론 자기만족이다. 학창 시절에 이렇게 예습하고 공부했으면 서울대는 아니어도 명문대는 프리패스했을 텐데. 하지만 그때의 공부는 강제적이었고 지금은 지극히 자발적인 공부가 아니던가? 지금도 누군가 레슨 전에 이렇게 하라고 시킨다면 절대 하지 않을 것이다. 내가 좋으니까 하는 거다. 로봇과의 연습이 끝나면 레슨 있는 날은 레슨을 받고 레슨이 없는 날은 연습 파트너와 정해진 시스템을 연습한다.

레슨은 포핸드, 백핸드, 푸시, 스매싱, 백 드라이브, 포핸드 드라이브 순으로 받는다. 써 놓고 보니 몇 개 없네. 하지만 어느 기술이든 만만한 건 한 개도 없다. 매번 고쳐야 할 점을 알려주는데 매

살짜쿵 탁구

번 지적받는다. 백 드라이브를 예로 들면, 멈추는 순간이 있어야 하는데 멈추는 순간이 없고, 마지막에 라켓을 잡아 주어야 하는데 라켓을 잡아 주지 못한다. 머리로는 이해하는데 몸이 당최 말을 듣지 않는다. 언제쯤 머리로 이해하는 말을 몸이 알아들을지. 그래도 열심히 따라 한다. "멈추었다, 잡아."를 연신 외친다. 이 말이라도 제발 몸이 알아듣고 반응하길 바라면서.

　감각 운동인 탁구는 어느 기술 하나라도 소홀히 하면 금세 표가 난다. 관장님이 백 드라이브 후 돌아서 스매싱을 하라고 했는데 돌아설 생각만 하느라 백 드라이브도 제대로 하지 않은 채 돈다. 진짜 돌아 버리겠다. 하나씩은 되는데 둘을 세트로 하려니 꼬인다. 균형이 중요하다. 온전히 내 기술이 되지 않은 감각들이 내 몸을 들쑥날쑥 드나든다. 언제쯤 다양한 기술들이 조화를 이루며 내 탁구에 스며들지. 그날을 학수고대하며 레슨실을 종횡무진 뛰어다닌다.

　숨이 차오르기 시작한다. 내 땀이 맞나 싶을 정도의 굵은 땀방울이 마룻바닥에 뚝뚝 떨어진다. 마음은 이내 뿌듯함으로 가득 찬다. 기술들이 내 몸에 박히는 게 느껴지니까. 숨이 꼴딱꼴딱 넘어가게 뭔가를 하고 있으니까. 그것이 주는 기쁨이 있다. 그것이 주는 희열이 있다.

레슨을 받은 후, 휴식 테이블에 앉아 숨 고르기를 한다. 정상적인 숨으로 돌아오기까지는 20분에서 30분이 걸린다. 무리했다 싶은 날은 40분을 쉬어 주어야 하는 저질 체력이다. 레슨을 지켜보던 한 회원은 "체력이 정말 좋다."라고 혀를 내두르지만, 사실 체력을 키우기 위해 레슨실에서 과도하게 뛰어다니고 있는지도 모른다.

한참을 쉰 후 연습 파트너와 정해진 연습 시스템을 시작한다. 우선 포핸드와 백핸드는 가급적 상대의 모서리로 보내면서 가볍게 몸을 푼다. 이어 푸시로 상대방의 수비 뚫기를 다섯 개씩 번갈아 한다. 다음은 상대의 백쪽에 백핸드를 한 후 돌아서 스매싱이나 포핸드 드라이브로 다섯 개 뚫기, 백핸드 후 상대의 화쪽에 스매싱이나 포핸드 드라이브로 다섯 개 뚫기를 한다. 상대의 백쪽에 백핸드 후 일직선으로 스매싱이나 포핸드 드라이브로 다섯 개씩 뚫기도 한다. 한 사람이 불규칙으로 공을 주는 화백 전환 연습도 한다. 둘 다

32

살짜쿵 탁구

컨디션이 좋을 때는 40분, 몸이 무거운 날은 50분 정도 걸린다. 연습하기 좋아하는 비슷한 구력의 파트너가 있어 얼마나 감사한지 모른다. 만약 그가 없었다면 탁구를 계속하기 힘들었을지도 모른다. 물론 다른 회원들에게 연습하자고 부탁하면 할 수 있겠지만 하루 이틀도 아니고 매번 연습만 하자고 할 순 없기 때문이다.

기초적인 포핸드와 백핸드를 연습하다가 지금의 연습 시스템이 만들어지기까지 2년여의 세월이 걸렸다. 연습도 진화한다. 연습이 익숙해지면 파트너와 상의해 조금 더 난이도 있는 연습으로 대체한다. 요즘은 지금 하는 시스템을 미스 없이 하거나 스매싱 파워를 키우는 데 집중하고 있다. 이 시간이 너무 좋다. 연습 시스템이 날로 발전하는 것도 좋지만 연습이 내 몸에 각인되는 느낌이 좋다. 게임을 하다 연습했던 것이 무의식적으로 나올 때가 있다. 그때의 쾌감이란! 그 맛에 연습한다고 해도 과언이 아니다.

해야 할 연습 시스템은 무궁무진하다. 만들기 나름이다. 3구 연습도 있고, 드라이브를 받는 연습도 있다. 반복을 지겨워하지 않는 내 성향에 딱 들어맞는다. 그리고 또 하나, 이렇게 힘들게 연습해야 운동량이 채워진다. 게임으로는 어림도 없다. 숨이 꼴딱꼴딱 넘어가게 운동해야만 만족감을 느끼는 인간이다. 내가 탁구를 치고 있는 건지, 탁구가 나를 치고 있는 건지, 머릿속이 텅 비워져버리는 그 순간을 사랑한다. 낮에 있었던 일도 머나먼 옛이야기처럼 느껴진다. 다시 내일을 받아들일 준비 완료. 내일을 다시 힘차게 사는 법을 시스템 연습에서 찾았다. 이러니 연습을 좋아할 수밖에. 연습에, 연습에 의한, 연습을 위한 인간 납시오.

탁구장에 머무르는 시간은 대략 2시간에서 2시간 30분 정도인데 쉬는 시간에 회원들과 탁구 이야기, 세상 이야기도 나누기에 실제 탁구를 치는 시간은 평균 1시간 40분 정도다. 이 짧은 시간을 로봇과의 연습, 레슨, 연습 파트너와의 연습, 다른 회원들과의 연습 등으로 보낸다. 직장인처럼 매일 출근하고 매일 연습한다. 심플하다. 하지만 이 단순함이 나를 매일 탁구장으로 이끈다. 이러한 방식으로 탁구를 치는 게 내 기질에 맞는다.

집으로 돌아와 맥주 한 캔을 들이켜며 '오늘도

잘 살았군!' 나직이 중얼거린다. 이미 마음은 만족감으로 가득 차 있다. 열심히 뛰어다닌 날은 유독 맥주 맛이 좋다. 이러다 운동 중독, 알코올 중독이 되려나? 행복은 강도가 아니라 빈도라는데. 매일 이러한 행복감을 느끼며 루틴형 인간으로서의 하루를 마감하고 싶다. 욕심이려나?

누가 탁구가 쉽대?

풍경 1

무슨 운동을 하냐고 묻길래 탁구를 한다고 답하니 반응이 영 별로다. 익숙한 반응이기에 마음에 두지는 않는다. '골프처럼 그럴듯해 보이지도 않고 배드민턴이나 테니스처럼 멋있게 보이지도 않는 탁구를 하는 거야?' 상대의 눈빛이 대신 말해 줄 때마다 사람들 눈에 탁구가 어떻게 비치는지 알게 되어 씁쓸할 때가 한두 번이 아니다.

풍경 2

"탁구가 이렇게 어려운 줄 알았으면 시작도 안 했다. 다시 태어나면 절대 탁구 안 할 거다." 한 여성회원이 종종 하는 말이다. "그럼 그만두면 되지. 누가 말리나요?" "여태까지 한 게 아까워서 그만두지 못하겠어." 경제학 용어 중에 '손실 회피'

라는 말이 있다. '손실 회피'는 손실을 이익보다 훨씬 더 크게 느끼는 현상을 말한다. 그녀 역시 탁구를 그만두면 손실을 확정 지어야 하는데 그 결정이 고통스러워 그만두지 못하는 걸까?

나 역시 다르지 않았다. '탁구가 별건가? 라켓만 잡으면 누구나 쉽게 칠 수 있는 거 아냐?'라는 마음으로 시작했다. 만만하게 생각했다. 레슨을 통해 체계적으로 배워야 한다는 것은 알았지만 2~3년 정도 배우면 그것만 가지고도 평생 재미있게 칠 줄 알았다. 그런데 웬걸. 배우면 배울수록 어렵다. 기술적으로 들어가 보면 다른 운동과 마찬가지로 탁구 기술 또한 다양하다. 그런데 문제는 이 기술들이 쉽사리 늘지 않는 데 있다. 기술을 익히는 시간도 필요하고 이 기술들이 조화를 이루는 시간도 필요하다. 탁구장에 쏟아붓는 시간대비 잘 늘지 않는다. 여기에 시간이 지나야 알게되는 부분들도 존재한다. 공을 다룬 경력, 즉 구력이 중요한 이유다. 골프의 경우 하수, 중수, 고수로 나눌 때 3년 정도 하면 중수 정도는 칠 수 있다고 들었다. 하지만 탁구는 10년을 쳐도 한 부수도 못 올리는 탁구인들이 부지기수이다. (탁구는 지역에 따라 최하위 부수인 7~9부부터 최상위 부수인 1부까지로 나뉜다.)

물론 탁구를 치는 연령대가 높은 것도 이유 중 하나라고 할 수 있다. 46세에 탁구를 시작했다. 불혹의 나이에 "꽃다운 나이네."라는 말을 탁구장에서 처음 들었다. 탁구인의 연령은 40대에서 60대가 주를 이룬다. 요즘 젊은 탁구인들이 늘고 있지만 평균 연령은 다른 운동에 비해 높은 편이다. "어릴 때 1년 배운 탁구가 어른이 되어 3년 배운 탁구랑 비슷하다."라는 말도 나이 들어 뭔가를 배운다는 것의 어려움을 단적으로 보여 준다. 배운 지 얼마 안 되는 초등생을 보며 "너는 일찍 배워서 좋겠다."라며 부러운 눈길로 쳐다보기 일쑤다. "이번 생은 틀렸어. 다음 생에는 한 살이라도 어렸을 때 라켓을 잡아야지."라는 진심 가득한 우스갯소리도 들려온다.

그녀 말대로 탁구가 이렇게 힘들고 어려운 줄 알았다면 나 역시 탁구를 선택하지 않았을지도 모른다. 노력한 만큼의 대가를 제대로 보상받지 못하고 있다는 느낌, 레슨에 투자하고 시간을 쏟아부어도 실력이 좀처럼 늘지 않는 현실. 사실 비용도 다른 운동에 비하면 싼 편인데 만만한 탁구에 그렇게 비싼 레슨비를 지불해야 하냐는 일반적인 인식이 심리적 기제로 작용해 마치 쓰지 말아야 할 곳에 돈을 쓰고 있는 것처럼 느껴진다. 이 또한 탁구를 만만하게 보는 시선 안에서 싹튼 편견일 수 있다. 예전에 나를 가르쳤던 코치님은 "대부분의 사람들이 탁구를 너무 만만하게 본다. 그것부터가 잘못되었다."라며 분개하곤 했다. "레슨비가 왜 이렇게 비싸냐? 왜 빨리 실력이 안 느냐?" 등의 질문을 받을 때마다 다른 종목에서는 굳이 하지 않을 질문을 왜 유독 탁구에만 하는지 이해할 수 없다고 했다. "탁구라는 운동을 우습게 보지 않고서는 그럴 수 없다."라며 얼굴 가득 불만을 드러내곤 했다.

마음먹었던 3년의 세월이 흘렀다. 나름대로 열심히 레슨을 받고, 레슨 받은 걸 꾸준히 연습하고 또 연습했다. 연습벌레라는 별명까지 생겼다. 그럼 3년의 결과는? 어느 기술 하나 제대로 구사하지 못한다. '그동안 뭘 한 거냐?' 자문해 보지만 '얼마나 더 열심히 해야 해?' 짜증이 몰려온다.

끝이 보이지 않는 답답한 마음에 관장님에게 "도대체 언제까지 레슨 받아야 해요?"라고 물었다. "본인이 만족할 때까지 받아야지." 만족할 때까지요? 인간에게 만족이라는 게 있단 말인가? 만족할 때까지 받으라는 건 평생 받으라는 건가? 평생 공부라지만 언제 만족할지도 모르는데? 더 반항심이 드는 건 탁구에 입문할 때의 마음과는 반대로 탁구라는 늪에 점점 빠지고 있는 스스로가 감당되지 않아서다. 2~3년만 배우고 나머지 시간은 운동 개념으로 치겠다는 마음으로 시작했는데 탁구는 내게 그 이상을 요구한다. 시간도, 돈도, 열정도. 그 요구들이 싫다면 과감하게 정리하면 되지만 이미 탁구라는 늪에 빠져 헤어날 수 없음을 본능적으로 느낀다.

본래의 궤도에서 이탈한 것 같은, 이미 내 통제력을 벗어나 버린 탁구를 어떻게 하지? 그녀처럼 손실을 확정 짓고 싶지도 않고, 그러자면 계속 탁구를 쳐야 하는데 노력한 만큼 실력이 느는 것 같지 않으니 앞으로 나아가지도, 그만두지도 못하는 상황이다. 3년이 아니라 더 많은 시간과 열정을 요구하는 탁구를 어찌 감당해야 할지 난감

할 뿐이다.

40년 구력의 관장님은 "어려우니까 탁구가 재미있는 거다. 40년 동안 탁구 이야기를 하는데도 재밌다."라고 말한다. 탁구를 그리 오래 쳤는데도 매번 눈을 반짝이는 건 쉽게 정복되지 않아서인가? 또 한 가지 어려운 점은 사람마다 다양한 구질을 가지고 있어 매번 새롭다는 거다. 어렵기도 하고 재미있는 부분이기도 하다. 비슷한 구질은 있어도 똑같은 구질의 탁구인은 단 한 명도 없다. 실력을 쌓아 산을 넘었다 싶었는데 또 다른 산들이 굽이를 넘을 때마다 계속해서 나타나는 형국이다. 그래서 탁구가 재미있는 건가? 그래서 다들 쉽게 그만두지 못하는 건가?

"내가 몸으로 체험하지 못한 앎은 모두 편견일 수 있다."라는 문학 평론가 신형철의 말이 떠오른다. 나 역시 만만한 운동이라는 선입견을 가지고 탁구라는 세계에 입문했다. 세상천지에 만만한 세계는 어디에도 없는데 잠시 그걸 잊고 있었다. 지금은 그 대가를 톡톡히 치르는 중이다.

누구에게나 처음은 있다

　오전 10시. 탁구장 문을 열고 쭈뼛쭈뼛 들어서는 한 여자가 있다. 베이지색 롱 카디건에, 등산복으로 추정되는 검정 바지에 핑크색과 검은색이 뒤섞인 스카프를 두른 그녀는 검정 에코백을 들고 어정쩡하게 서 있다. 사람들의 시선이 일제히 그녀에게로 쏠린다. 난감해진 얼굴의 그녀는 누군가를 애타게 찾는 듯하다. 드디어 한 사람이 "류선 씨, 여기야, 이리로 오면 돼."라고 부르자 쏜살같이 그녀에게로 향한다. 위기를 모면한 듯한 그녀의 얼굴엔 반가운 기색이 역력하다. 탁구장이라는 낯선 세계에 발을 내디디던 그날. 내게는 탁구장 문을 열고 들어선 그날이 아직도 하나의 장면처럼 생생하다.

　1년 가까이 집 앞 여성 센터에서 주 2회, 7분 레슨을 받았다. 함께 배우던 언니가 "이왕 배울 거라면 제대로 한번 배워 봐야겠어."라며 사설 탁구장으로 자리를 옮기면서 그 불똥은 내게도 튀었다. "센터와 비교하면 레슨 시간도 길고 오전 주부반이라 비용도 저렴해. 탁구 로봇도 있어서 얼마나 연습하기 좋다고. 탁구장으로 와서 함께 치자."라며 한참을 권유했다. 운동이라곤 일평생 탁구가 처음이고 넘어지면 코 닿을 곳인 센터를 놔두고 '굳이 탁구장까지 가서 배워야 하나?'라는 생각과 '탁구장에 한번 가 보고 결정해도 늦지 않잖아?'라는 생각이 충돌했다. 결국 후자를 택해 탁구장 문을 열고 들어온 것이다.

그녀는 나를 관장님과 사람들이 빙 둘러앉아 있는 테이블로 데려갔다. 빨간색, 핑크색, 파란색, 노란색 등 형형색색의 유니폼 상의와 반바지를 입은 그들 앞에 선 나는 마치 이방인인 것 같았다. 그녀는 아주 능숙하게 이 세계의 규칙이라도 되는 듯 나를 소개하기 시작했다. 나는 선생님 말씀이 끝나길 기다리는 전학생처럼 다소곳이 손을 모은 채 그녀 옆에 섰다. "여성 센터에서 함께 탁구 치던 동생이에요. 탁구 친 지 일 년 되었고 나이는 마흔여섯이랍니다." 소개가 끝나자마자 나도 모르게 "잘 부탁드립니다."라고 꾸벅 인사했다. 그래야만 할 것 같았다. "레슨 받으실 거죠?"라는 관장님의 자연스러운 물음에 안 받으면 안될 것 같아 그만 "네."라고 말해 버렸다. 한 번 가보고 결정한다더니 생각할 틈도 없이 '휘리릭' 빠르게 진행되는 전개에 정신을 차릴 수 없었다. '워워. 정신 차려.' 주문을 건 뒤 한차례 숨을 가다듬고 나서야 구장 안을 제대로 둘러볼 수 있었다.

여기가 말로만 듣던 탁구장이구먼! 마침 레슨실에서는 한 회원이 레슨을 받기 시작한다. 관장님의 주문대로 레슨 받는 회원의 움직임을 뚫어져라 보지만 1년 동안 포핸드와 백핸드만 배웠기 때문에 뭐가 뭔지 잘 모르겠다. 레슨실 옆 탁구 로봇이 있는 탁구대에서는 한 회원이 로봇이 주는 공에 맞춰 포핸드 연습을 하고 있다. 탁구 로봇이란 걸 난생처음 봤기에 그저 신기하기만 하다. '연습할 탁구 로봇이 있다니 그야말로 신세계구먼!' 그리곤 바로 네 대의 탁구대로 눈을 돌린다. 포핸드를 배우긴 했어도 제대로 된 포핸드 랠리, 즉 랠리가 열 개 이상 왔다 갔다 한 적이 없기에 탁구대에서 길게 이어지는 랠리만 봐도 '대단한데? 와!

정말 잘 친다.' 감탄이 절로 나온다. '나도 저렇게 잘 치고 싶다.'라는 열망도 꿈틀거리기 시작한다.

한참 탁구장 구경에 얼이 빠져 있을 무렵, 언니가 나를 부른다. "류선 씨, 탁구장 왔으니까 탁구 한 번 쳐 봐야 하지 않겠어? 빨리 나와." "오늘요?" "그럼, 언제? 빨리 와." 탁구대를 향해 성큼성큼 걸어가는 그녀를 거절할 명분은 없다. 오늘은 구경만 하고 얼른 집으로 돌아가고 싶은 마음이 굴뚝같다. 낯선 것을 소화할 시간이 필요하다. 하지만 이곳으로 이끌어 준 사람에 대한 도리가 아니기에 그녀의 뜻을 따라야 한다. 그제야 입고 있던 카디건을 어색한 몸짓으로 벗고 센터에서 늘 입고 치던 등산복 상의와 등산복 바지 차림이 된다. 검정 에코백에 들어 있던 탁구 라켓을 주섬주섬 꺼내 그녀에게로 향한다. 탁구화도 아닌 운동화를 신고 주위의 시선에 어쩔 줄 몰라 하며 엉거주춤 탁구대를 향해 걸어 나간다. '이럴 줄 알았으면 탁구화도 챙겨 오는 건데.' 자책하지만 이미 늦었다. 탁구대까지의 거리가 한없이 멀게만 느껴진다. '아이고 왜 이리 머냐고.'

"잘 부탁합니다." 꾸벅 인사를 하고 포핸드 랠

리를 시작한다. '얼마나 치나?' '어떻게 치나?' 등 뒤의 따가운 시선을 뒤로하고 랠리를 잘해 보려고 눈을 부릅뜨고 공에 집중한다. 그러나 낯설어서 긴장했는지 마음처럼 랠리가 되질 않는다. '센터에서 랠리 할 때는 그래도 이것보단 잘했는데.' 마음속으로 중얼거려 보지만 이렇다 할 변화는 없다. 실수해서 공을 주우러 갈 때마다 주위 사람들을 표 나지 않게 힐끔힐끔 쳐다본다. 다들 탁구 치느라 정신없어 내겐 관심도 없는데 다 나만 쳐다보는 것만 같다. 탁구장에서의 첫날은 그렇게 시작되었다.

누구에게나 처음은 있다. 그때는 알지 못했다. 탁구장 문이 열리는 순간 또 다른 세계의 문도 열렸다는 걸. 탁구가 내 삶을 어떻게 바꿀지, 일상을 얼마나 쥐락펴락할지 그런 사실은 까맣게도 모른 채 탁구장 문을 활짝 열어젖혔다. 새로운 세계의 문은 그렇게 예고 없이 열리나 보다. 그다지 특별한 것 없는 보통의 날에. 그래서 인생이라는 게 오묘한지도.

언니는 탁구복이 그거 하나예요?

"언니는 탁구복이 그거 하나예요? 다른 것도 한번 입어 봐요." 여성 센터에서 사설 탁구장으로 옮긴 후 회원들에게 이런 소리를 들었다. 민원이 빗발쳤다. 단벌 탁구복도 괜찮은데 보는 사람마다 다른 탁구복을 사라고 성화였다. 사실 내가 입고 운동하던 옷은 탁구 치기 적당한 등산복이었다.

아니 내가 괜찮다는데 왜들 이러지? 탁구복을 사지 않으면 압박이 계속될 것 같았다. 여자 회원들이 한참 탁구복 사는 데 재미를 붙이고 있을 때라 단벌옷인 내가 눈에 띈 게 분명했다. "류선 씨는 매번 옷이 똑같네."라는 관장님의 결정적인 한마디를 듣고 나서야 결국 탁구복이란 걸 사기로 마음먹었다. 그제야 일 년 동안 똑같은 카디건에 똑같은 옷을 입고 탁구장에 다녔다는 걸 알았다.

평소 옷을 입을 때도 유난히 좋아하는 옷만 입어대는 스타일인지라 의식하지 못했다. 더군다나 식당이든 장소를 불문하고 알록달록 유니폼을 입고 다니는 사람들을 이상하게 쳐다보던 사람 중 하나였기에 형형색색의 탁구복을 받아들이기란 쉽지 않았다. "저렇게 튀는 옷을 입고 밥 먹고 커피 마시고 창피하지도 않나 봐." 대놓고 이야기하는 지인의 말이 딱 내 생각이었다.

그랬던 내가 무려 빨간색과 검은색이 교차하는 상의와 검은색 반바지를 샀다. 그나마 가장 얌전해 보이고 무난해 보여서였다. 배송되어 온 옷을 보면서도 갈등은 계속되었다. '너무 화려한 거 아냐? 반바지는 왜 이리 짧아?' 내 평생 이런 종류의 옷을 입어 보리라 한 번도 생각해 보지 못했기에 이러한 옷을 일상에 들이는 과정 자체가 만만치 않았다. '선수도 아니고 취미로 배우는데 너무 과한 거 아냐? 실력은 미천한데 옷만 너무 앞서가는 것 아냐? 옷을 이렇게 입어서 잘 치는 사람으로 보이면 어쩌지?' 여러 생각이 교차했다.

내 딴에는 어색해서 어쩔 줄 몰라 하며 탁구복을 입고 간 첫날, 회원들은 환골탈태한 내 모습

살짜쿵 탁구

에 찬사를 아끼지 않았다. "거 봐요. 얼마나 예뻐요?" "언니 진짜 예쁘다." "이제야 탁구 치는 사람 같네." "탁구 선수 같은데요?" 기분이 나쁘지만은 않았다. 예쁘다는데, 잘 어울린다는데 누가 싫어하겠는가?

느낌이겠지만 탁구도 잘 쳐지는 것 같았다. 옷만 바꾸었을 뿐인데 마치 탁구 선수라도 된 양 발걸음이 가벼워졌다. 등산복을 입고 칠 때와는 마음가짐도 달라졌다. 진정한 탁구인으로 거듭난 것 같았다. 탁구라는 세계에 제대로 발을 디딘 듯한 느낌? 복장의 힘, 제복의 힘을 제대로 실감했다. TPO(Time, Place, Occasion: 의복을 경우에 알맞게 착용하는 것)가 중요하다더니 맞는 말이군.

처음이 어렵지, 이제는 탁구용품 사이트를 누비며 그토록 싫어하던 화려한 무늬가 그득 새겨져 있는 탁구복 상의를 산다. 심지어 핑크색에 용 문양이 그려진 상의도 샀다. '구장에서는 다 화려한 옷을 입으니 이 정도는 튀지도 않아.' 스스로 합리화하면서 말이다. 반바지가 짧아서 고민이라던 사람이 이젠 짧은 속바지가 있는 치마만 입는다. 반바지에서 치마로 넘어갈 때도 비슷한 고민을 했지만, 지금은 언제 반바지를 입었나 싶게 치마만 입는다.

그리곤 시도 때도 없이 아무 장소에서나 탁구복을 입는다. 마치 문신처럼 입는다. 마트 갈 때에도 지인들을 만날 때에도 탁구복을 입고 지인들과 밥을 먹고 커피를 마신다. 그들은 나를 창피해하는 것 같지만 마음 쓰지 않는다. 어디에 탁구복을 입고 가도 부끄러워하지 않는 탁구인이 되었다. 그래서 다른 사람을 흉보면 안 되나 보다. 그 자리에 서 봐야 안다더니 흉보던 그 자리에 바로 내가 있다.

옷장을 열면 스포츠 매장이 따로 없다. 일상복은 구석으로 밀려난 지 오래다. 춘추복부터 각양각색의 상의에 치마는 무난한 블랙으로 두 가지. 상의는 월화수목금 매일 다른 색깔로 입어도 될만큼 다양하다. 빨간색, 노란색, 주황색, 핑크색, 파란색 등등. 내 평생 이토록 많은 색상의 옷을 입어 본 적이 있던가? 이토록 화려한 옷들을 입어 본 적이 있던가?

검은색, 회색, 흰색이 주를 이루는 일상복과는 결이 다른 탁구복은 해방감을 주기도 한다. 평상시 못 입는 색깔들을 원 없이 입게 해 주는 통로가 된다. 마치 런웨이의 모델처럼 화려한 의생활의 극치를 탁구장에서 뽐내고 있다.

핑크색 탁구복 입은 모습을 거울에 비춰 보곤 '이 나이에 아무렇지 않게 핑크색 옷을 입을 수 있다니 좋은데?'라는 생각도 한다. 등산복을 입고 쭈뼛쭈뼛 탁구를 치던 인간이 옷을 갖춰 입더니 자신감도 덩달아 상승했나 보다. 심지어 운동복을 입지 않고 탁구 치는 사람을 보면 이런 생각도 한다. '제대로 갖춰 입고 치면 다른 세계가 열리는데 안타깝군.' 제대로 오지랖이다.

탁구장 속 계급사회

다 큰 어른들이 사회에서의 계급장을 떼고 탁구라는 운동을 매개로 모여 있는 곳. 그곳에서는 사회에서의 명함이나 지위는 하등 쓸모가 없다. 사장이든 대학교수든 의사든 공무원이든 전업주부든 중요치 않다. 탁구장에서 중요한 건 탁구를 잘 치느냐, 못 치느냐, 어느 정도 치느냐이다.

지역마다 다르지만, 최하위 부수인 7~9부부터 최상위 부수인 1부까지의 부수 체계는 모든 탁구인을 1부부터 7~9부까지로 나눈다. 탁구장에 들어선 순간 부수라는 이름표를 하나씩 나눠 받는다. 이름보다는 "저 사람은 몇 부예요. 저 사람은 몇 부고요."라는 말이 자주 들린다. 낯선 이가 탁구장을 방문했을 때도 대뜸 "몇 부예요?"라는 질문부터 한다.

사람을 부수로만 본다고? 정말 그렇네. 나 역

시 탁구 짬밥을 먹은 지 5년이 넘다 보니 아무렇지 않게 부수부터 물어보는 게 습관이 되었다. 마치 탁구장에서는 부수가 모든 걸 말해준다는 듯. 마치 부수가 다라는 듯.

부수라는 체계가 있는지도 몰랐다. 탁구를 시작하고 나서야 그런 게 존재한다는 걸 알았다. 라켓을 잡자마자 내 의지와는 무관하게 8부로 불렸다. 탁구라는 세계에 들어온 이상, 탁구라는 운동을 선택한 이상, 부수 체계에서 자유로울 수 없다. 8부부터 1부까지 나누어졌다는 건 자연스럽게 8부에서 어느 부수로까지 승급하느냐가 목표가 된다.

경쟁하는 걸 좋아하지 않는 성향의 내가 어쩌자고 탁구를 시작해서 부수 체계 속 8부라는 점 하나가 되었는지 생경하게 느껴질 때가 있다. 목표 역시 내가 정하지 않았다. "올해 목표가 7부 승급이야? 아니면 ○○을 이기는 거야?"라고 묻는 한 상위 부수 회원에게 "포핸드 드라이브 코스 가르기가 목표인데요?"라고 답했다가 내 말에 어이없어 뜨악해하던 그의 표정이 잊히질 않는다.

그렇게 대답해서는 안 되는 거였다. 이 세계가

원하는 건 그런 게 아니었다. 승급이나 누군가를 이기는 것이 목표여야 했다. 기술의 완성도를 높이겠다는 목표는 혼자 간직하고 키워야 하는 나만의 바람이어야 했다. 그런 일이 있고 난 뒤 굳이 입 밖으로 진짜 목표를 말하지 않는다.

 승부 내는 게 성향에 맞지 않기에 승급이라는 목표 역시 받아들이기 힘들다. 승부 내는 것만 좋아하지 않을 뿐 누구 못지않게 탁구를 애정한다. 이런 인간이 부수라는 시스템 안에 있는 것 자체가 신기한 일이 아닐 수 없다. '다른 사람들은 당연하게 받아들이는 걸 너는 뭐가 그렇게 힘든 거냐?' 자책하기도 한다. 그럼에도 승급이라는 목표를 받아들이기 힘들다. 재미있자고 시작한 운동인데 누군가를 이겨 7부로 승급해야 한다. 7부가 끝도 아니고 6부부터 1부까지 끝도 없다. 성과를 내야만 하는 시스템 안에 내가 있다. 자발적으로 선택한 것도 아니고 들어와 보니 이런 세계였다. 사실 승급을 위해 탁구를 치고 누군가를 이기기 위해 탁구 칠 자신이 없다. 그런 마음이 먹어지질 않는다. 기질이 그러한 걸 어쩌겠는가? 이런 세계지만 탁구라는 세계를 떠날 생각은 추호도 없다.

이미 탁구에 푹 빠져 버렸다. 이런 기질의 내가 탁구를 오래오래 즐겁게 칠 수 있는 방법을 찾으면 된다. 그게 뭘까?

슬기로운 유튜브 생활

"레슨은 6개월 정도 받았고 탁구 유튜브 영상은 하루 평균 6시간 이상 봐요." 20대 초반 남자 회원이 "레슨 받은 지 얼마나 됐어요?"라고 묻는 내게 건넨 말이다. 휴식 테이블에 앉아 있는 회원 역시 유튜브 영상을 보며 라켓을 들고 사뭇 진지한 표정으로 영상 속 동작을 따라 한다. 이렇듯 탁구장에서 유튜브 시청은 일상적인 풍경으로 자리잡았다. 어느 고수는 "유튜브 덕분에 내가 탁구를 배울 때보다 배울 수 있는 여건이 좋아졌어요. 솔직히 지금의 탁구 환경이 부럽네요."라고 말한다. 과연 그럴까?

남자 회원들의 경우 레슨보다 유튜브 영상을 통해 기술을 배우려는 성향이 강한 것 같다. 남자 회원에게 왜 그런지 물어보니 "원래 남자라는 족속이 그래. 다른 사람한테 배우는 걸 좋아하지 않

살짜쿵 탁구

아."라며 남성 특유의 성향을 이유로 든다. 남자 회원 전체로 일반화시키긴 힘들지만, 그런 이유가 있다는 걸 알았다. 문제는 레슨을 받으면서 유튜브에서 본 영상을 근거로 관장님의 레슨법에 이견을 제기하는 경우 발생한다.

한 남자 회원이 레슨을 받고 있다. 관장님이 포핸드 드라이브 할 때 고칠 점을 지적하는데 그는 "유튜브의 ○○코치가 이렇게 스윙하라고 하던데요?"라며 자신의 스윙법을 고집한다. 유튜브에서 배운 대로 하고 싶은데 교정하라고 하니 받아들이기 힘든가 보다. 관장님의 얼굴색이 변하는가 싶더니 분위기는 냉랭하다 못해 싸해진다. 그 또한 넘지 말아야 할 선을 넘었다는 생각에 아차 싶었는지 "관장님 방법대로 할게요."라며 물러선다. 한두 번 일어나는 일이 아니다. 그럼, 뭐 하러 레슨을 받나? 유튜브로 배우지.

관장님은 자신의 레슨법에 이의를 제기하는 회원을 보고 무슨 생각이 들었을까? 자괴감이 들지 않았을까? 마치 공교육 현장의 선생님처럼 말이다. 사교육 시장, 즉 인터넷 강의 시장에는 유명 강사가 넘쳐난다. 유명 강사의 인터넷 강의를 듣는 학생들에게 학교 선생님들 강의는 시시하게 느껴질 수 있다. 탁구 유튜버들도 유명 강사들과 비슷하다. 관장님은 회원들이 추종하는 유튜버 코치들과 경쟁하고 있다고 해도 과언이 아니다. 탁구를 배우는 환경은 나아졌으나 영상 속 코치와 현실 속 코치 사이의 충돌은 오늘도 진행 중이다. "유튜브가 그 사람 탁구 다 버려 놓는다."라며 유튜브 영상을 아예 보지 말라는 코치도 있다. 그럼 생활체육 탁구인에게 슬기로운 유튜브 생활이란 뭘까?

탁구를 시작한 지 3개월이 지나 처음으로 유튜브 영상을 보았다. 한 코치의 포핸드 영상이었다. 기억에 남는 건 포핸드 시 손에 힘을 뺐다가 공이 맞을 때 힘을 주라는 것이었다. 공도 맞추기 힘들었던 시기에 그의 말은 그저 이론일 뿐 현실에서는 실현되기 어려운 주문이었다. 초보인 내게는 오히려 되던 것도 되지 않는 혼란만 일으켜 유튜브를 냉큼 끊었다.

지금에서야 이 말이 무슨 의미인지 안다. 그러나 안다고 해서 이 말을 실천하고 있는가 하면 그건 또 다른 문제다. 1년쯤 지나 포핸드 드라이브를 배우면서 포핸드 드라이브 영상을 보았다. 관장님과 유튜브 코치의 레슨법이 달라 혼란스러워 관장님께 물었더니 "표현만 다르지 똑같은 말인데?"라고 말씀하신다. 아! 같은 말인데 내가 이해를 못하는구나. 감당할 수 없어 다시 유튜브를 끊었다.

시간이 흘러 3년 차에 접어들면서 유튜브 영상을 다시 보기 시작했다. 이제는 다른 관점으로 유튜브를 본다. 전에는 무지해서 뭘 봐야 할지 몰랐다면 이제는 내가 안 되는 기술, 예를 들어 푸시가 안 된다고 하면 그 기술에 관한 영상을 찾아본다. 방법을 따라 하려는 게 아니다. 푸시에 대해 전반적인 걸 알고 싶어서다. 푸시 기술 하나에도 여러 가지 접근법이 있다는 걸 유튜브를 통해 알았다. 그립 잡는 법, 러버의 경도, 타점, 한 번에 습득하기 어려운 기술이므로 단계적으로 힘을 키워 나가는 법 등. 레슨 받고 연습을 해도 제대로 되질 않으니, 스트레스가 이만저만이 아니었다. 영상을 보다 답을 찾았다. 사람마다 손목 힘이 다른데 내 경우 손목 힘이 약해서 푸시할 만한 힘이 나오지 않는 게 문제였다. 지금 받고 있는 레슨과 연습이 손목 힘을 키우는 과정이라 생각하니 한결 마음이 편해졌다. 점점 나아질 거라는 희망도 생겼다.

사실 나도 푸시 영상을 보고 탁구 로봇을 이용해 영상에 나오는 방법을 그대로 따라 한 적이 있다. 그러나 꾸준히 하기 힘들었다. 본 걸 꾸준히 하지 않고 일회성으로 끝나 버리면 시간 낭비라는 생각이 들었다. 유튜브에는 수많은 기술 영상이 넘쳐난다. 하지만 보는 것과 내가 연습하는 것은 다르다. 본다고 내 것이 되나? 구슬이 서 말이라도 꿰어야 보배지. 이것도 살짝, 저것도 살짝, 발만 담갔다간 오히려 선택과 집중을 막아 이도 저도 아닌 세월만 흐를 것 같았다.

4년이 지난 지금 나는 몸으로 알고 있다. 기술 하나를 온전히 습득하는 방법은 지름길을 찾아 기웃거리는 것이 아니라 오로지 몸으로 한 땀 한 땀 익히는 반복 연습에 있다는 것을 말이다. 수많은 동영상은 그러한 본질을 다양한 방식으로 이야기하고 있다. 때로는 10분짜리 영상으로, 때로는 길게 풀어 1시간짜리 영상으로.

그래서 유튜브 시청을 완전히 끊었냐고? 그럴

리가. 탁구인이 유튜브를 끊으면 쓰나? 대신 지금은 기술을 배우기보다 탁구 전반에 대해 알고 싶어서 본다. 마치 라디오를 듣는 것처럼 탁구 유튜브 방송을 틀어 놓고 설거지도 하고 빨래를 개기도 한다.

불타는 금요일에는 맥주 한 캔을 딴 후 밤 11시에 하는 '조현우의 핑퐁 타임' 라이브 방송을 본다. 주로 생활체육인들이 하는 게임을 보여 주며 조현우, 임창국 코치가 스포츠 중계처럼 해설해 주는데 그걸 보는 게 그렇게 재미있다. 아마 같은 생활체육인들 게임이라 더 친근하고 재미있는지도 모른다. 즐겨 보던 드라마 시청도 뒷전이다. 핑퐁 타임 중 가장 좋아하는 카테고리는 '탁구 썰 방송'이다. 탁구장에 있는 동안 무슨 연습을 해야 하는지, 파트너와 어떻게 연습해야 효율적인지, 기술 한 가지를 얻으려면 얼마나 집중적으로 연습해야 하는지, 나이가 있는 생활체육인들은 탁구에 어떻게 접근해야 하는지 등등. 지극히 현실적인 고민에 대한 이야기들이 두 시간 가까이 펼쳐진다. 원래 나는 무엇을 하더라도 어느 지점에 서 있는지 어느 단계쯤 와 있는지가 궁금한 사람이다. 이 영상을 통해 내 탁구가 지금 어느 단계쯤에 있는지, 무엇을 해야 하는지 알 수 있었다.

내게 필요한 건 기술도 기술이지만 탁구 전반에 대한 지식이다. 탁구라는 세계가 어떻게 돌아가는지, 탁구 사이클은 어떻게 돌아가는지, 탁구 메커니즘은 무엇인지. 이런 것들 속에서 나는 무얼 하고 있는지와 무얼 해야 하는지 같은 이야기들이 듣고 싶었다. 본인들은 '썰'이라고 하지만 오히려 그 '썰'이 어떤 기술적인 영상보다 마음에 와닿았다. 40~50대 생활체육인이 주 시청층이라 공감이 가는 부분이 많아서인지도 모르겠다.

아직도 슬기로운 유튜브 생활이 뭔지 잘 모르겠다. 다만 시간이 흐르면서 유튜브 영상을 바라보는 관점도 바뀌고 선택하는 유튜버도 수시로 바뀌고 있다. 인생은 평생 선택이라는데 수많은 영상 속에서 그저 허우적거리지 않기만을 바랄 뿐이다.

요즘도 유튜브 영상을 끼고 사냐고? 아니 잠시 끊었다. 수없이 "이렇게 해라, 저렇게 해라." 가르쳐 주는 영상들에 지쳤다. 보는 건 많으나 몸이 따라가지 못한다. 정보 과잉. 아는 건 많은데 실행으로 옮기지 못하니 죄책감만 쌓인다. 너무 많이 봤다. 보는 탁구는 잠시 안녕. 당분간은 몸으로 탁구 치는 것에 집중하려 한다. 링에 올라가야 할 선수는 유튜버들이 아니라 결국 나다. 그럼에도 오늘 밤 다시 휴대폰 화면 속 유튜브 버튼을 누르고 있을지도 모른다.

한여름 밤의 탁구

레슨을 마친 후 휴식용 테이블 앞 의자에 몸을 부려 넣는다. 가쁜 숨이 정상으로 돌아오려면 시간이 꽤 걸린다. 쉬고 있는 사람은 나 혼자다. 오늘이 며칠이었더라. 벌써 7월 31일 월요일이다. 시계의 시침과 분침이 밤 9시 10분을 가리키고 있다.

휴식 테이블을 가운데 두고 앞으로는 탁구대 네 대가 있고 뒤로는 레슨 탁구대와 탁구 로봇이 있는 기계실이 있다. 그러고 보니 중간 지대에 홀로 앉아 있다. 아무 생각 없이 고개를 들어 탁구장을 둘러본다. 네 대의 탁구대에 8명의 회원이 둘씩 짝을 이뤄 탁구를 치고 있다. 랠리 연습을 하는 탁구대, 게임을 하는 탁구대, 고수가 초보 회원을 가르치고 있는 탁구대 등 각양각색이다. 그들의 표정이 오늘따라 유난히 진지해 보인다. 매일 보는 풍경이지만 오늘따라 낯설게 느껴지는 건 왜일까?

게임이 한창인 탁구대를 보니 얼마나 집중하는지 한 회원이 입을 앙다물고 있고 상대는 서비스를 잘 받기 위해서인지 평소보다 훨씬 낮은 리시브 자세를 취하고 있다. 다리의 잔근육이 도드라져 보인다. 랠리 연습을 하는 탁구대에서는 일정한 리듬으로 공이 오가고 있다. 공의 왕복에서 마치 규칙이라도 찾을 수 있을 것만 같다. 고수가 초보 회원을 가르치고 있는 탁구대에서는 탁구의 기본인 포핸드 랠리가 한창이다. 고수 앞에서 실수하지 않기 위해 애쓰는 초보 회원의 표정은 결연하다 못해 비장하다. 탁구대를 꽉 채우고 일사불란하게 탁구 치는 회원들의 모습이 마치 영화의 한 장면처럼 느껴진다. 인상적인 한 장면처럼 다가온다.

뒤를 돌아보니 레슨실에서는 관장님이 한 회원에게 커트 공을 불규칙으로 주고 회원은 백쪽, 미들, 화쪽 어느 자리에서건 포핸드 드라이브를 거느라 레슨실을 종횡무진 뛰어다닌다. 한편 레슨실 옆 탁구 로봇이 있는 기계실에서는 한 회원이 로봇을 세팅한 후, 화백 불규칙 연습을 하고 있다. 로봇이 주는 공을 따라 움직이는 그의 모습에서도 규칙적인 리듬감이 느껴진다. 힘에 부치는지 가끔 수건으로 땀을 훔친다. 그리곤 다시 탁구 로봇 전원 스위치를 켜고 마치 로봇과 한 팀인 듯 움직이기 시작한다.

이 삼복더위에, 이 야심한 시각에 남들은 휴가라고 다들 산으로, 바다로 떠나는 시기에 탁구장은 탁구에 대한 열정으로 가득 찬 회원들의 열기로 부풀어 오른다. 저마다 자기 나름의 탁구를 치느라 여념이 없다. 누가 시켰으면 못 하겠지? 재미있으니까 이러고들 있는 거겠지? 마치 딴 세상에 와 있는 듯한 착각이 든다. 일상과 유리된 세계, 이런 세계가 참 좋다. 이런 세계에 있는 내가 좋다. 같은 취향을 가진 사람들과 같은 공간에 있는 게 좋다. 시간이 어떻게 흘러가는지 계절이 어떻게 바뀌는지 잊어버릴 만큼 뭔가에 빠져 있는 이 순간이 좋다. 언젠가는 이런 순간들이 한여름 밤의 꿈일 수도 있겠지? 지금은 존재하지만, 어느 순간 인생에서 사라질지도 모르는.

존 윌리엄스의 소설 『스토너』에서 죽음을 앞

둔 스토너는 몇 번이나 반복해서 스스로에게 묻는다. "넌 무엇을 기대했나?" 인생을 살면서 무엇을 기대했냐는 말일 터이다. 대단한 걸 기대했을까? 자신이 좋아하는 것에 열정을 쏟고 있는 이런 순간들을 기대한 건 아니었을까?

주인공 스토너는 평범한 사람으로 무엇 하나 제대로 이루지 못하고 죽는다. 교수, 남편, 아버지로서 그의 삶은 순탄치 않았다. 그러나 그는 누구보다도 자신이 좋아하는 게 무엇인지 잘 알고 그것에 열정을 쏟으며 성실하게 살다 간 사람이다. 작가는 그의 인생에 대해 이렇게 말한다. "나는 그가 진짜 영웅이라고 생각합니다. 사람들은 스토너를 슬프고 불행하다고 말하지만 내가 보기에 그의 삶은 아주 훌륭한 것이었습니다." 이 책은 '자신이 무엇에 마음을 두고 있는지 잘 알고, 마음 두고 있는 것에 정말 열심히 성실하게 사는 삶이야말로 의미 있다.'라고 말한다. 그리고 스토너 같은 보통 사람의 삶도 괜찮다고, 의미 있다고 말해준다.

나 역시 스토너처럼 대단한 성과나 성취와는 거리가 먼 삶을 살다 갈 것이다. 하지만 마음을 두고 있는 것에 열정을 쏟고 살 수 있다면 나 같은 사람의 삶도 의미 있는 삶이지 않을까? 대단하지 않아도 말이다. 그래서 좋아하는 것에 열정을 쏟고 있는 이 순간이 그렇게 좋게 느껴지나 보다. 인생 전체로 보면 어떤 뚜렷한 성과를 보여 줄 순 없을지라도 좋아하는 것에 푹 빠져 열정을 쏟고 있는 이 순간을 사랑하나 보다. 그런 사람들로 가득 찬 이 세계를 사랑하나 보다.

탁구는 보는 것보다 치는 게 더 재미있다

'여기 다 모여 있었네.'

대회장 문을 열고 들어서니 수많은 사람들이 탁구대를 사이에 두고 치열한 경기를 하고 있다. 결연한 표정의 생활체육 탁구인들이 때로는 "파이팅"을 때로는 "아"라는 탄식 섞인 한숨을 교차하고 있다. 2층으로 올라가 대회장을 둘러보니 장관이 따로 없다. 일곱 대의 탁구대가 일렬로 네 줄, 총 스물여덟 대의 탁구대가 깔려 있고 각각의 탁구대에서는 승패를 가리느라 여념이 없다. 다들 어디 숨어 있다가 나왔지? 탁구 치는 사람들이 이렇게나 많다고? 거기다 탁구 잘 치는 사람들이 이렇게나 많다고? 이곳은 제7회 백야 김좌진 배 전국 오픈 탁구대회 대회장이다.

탁구인들이 자주 하는 말이 있다. "탁구는 보는 것보다 치는 게 더 재미있다." 마치 이 말을 증명이라도 하듯 생활체육 탁구인들이 이곳에다 모여 있는 듯하다. 우리나라 생활체육 탁구인은 문화체육관광부에 따르면 2021년 기준 약 185,567명이다. 우리나라만큼 생활체육 탁구대회가 이렇게 자주 열리는 나라도 없다고 한다. 영월 동강 배, 안동 하회탈 배, 포항 과메기 배, 김해 금관가야 배 등 수많은 대회가 전국 각지에서 일년 내내 열린다. 그중 하나가 이번 대회다.

대회에 출전하지 않았기에 선수가 아닌 관중으로서 전체적인 대회장 분위기라든지 대회가 어떻게 진행되는지 선수들이 어떤 식으로 게임하는지 찬찬히 볼 수 있었다. 우선 부수별로 플레이가 어떻게 다른지부터 살펴보았다. 특히 여자선수들의 플레이를 보며 앞으로 어떤 탁구 스타일을 추구해야 하는지 생각해 보았다. 역시 눈에 들어오는 플레이는 드라이브를 구사하는 여성 탁구인이었다. 그중 8부 여성 선수와 6부 남성 선수 간의 게임이 인상적이었는데 드라이브 전형의 여성 선수는 화쪽에서는 물론 돌아서도 자연스럽게 포핸드 드라이브를 구사했다. 내가 추구하는 탁구 스타일과 유사해 그렇게 멋져 보일 수가 없었다. 저

살짝쿵 탁구

렇게 자연스럽게 드라이브를 구사하기까지 얼마나 연습했을까? 그녀의 노력이 스윙에서 고스란히 느껴졌다.

　사실 경기관람은 덤이고 대회장을 찾은 이유는 다른 데 있었다. 어리바리한 운전 실력임에도 한달음에 홍성까지 달려온 이유는 생활체육 탁구인 중 아마추어 최강이라는 타이틀을 가진 윤홍균 선수가 이 대회에 출전한다는 소식을 들었기 때문이다. 매주 화요일 밤 그가 진행하는 탁구 유튜브 방송인 <티밸런스>의 '생활체육탁구 상담소'를 즐겨 본다. 탁구용품사의 대표이기도 한 그는 라켓의 재질, 러버, 러버 경도 등에 대한 설명과 탁구 전반에 대한 지식, 젊은 탁구인들의 동향 등을 알려줘 보는 재미가 있다. 특히 '생활체육탁구 상담소'라는 이름에 걸맞게 탁구인이라면 누구나 겪을 수 있는 고민을 털어놓는 구독자에게 본인의 경험을 바탕으로 조언해 준다. 최근엔 실력 증진을 위해 단점을 보완하는 것과 장점을 강화시키는 비율을 어떻게 가지고 가야 하는지에 대한 조언이 인상적이었다.

　이렇듯 유튜브 영상으로만 보던 그가 이번 대

회에 참가한단다. 지난주 프로리그 선수들 경기도 보았으니 이참에 아마추어 최강자의 경기를 한 번쯤은 꼭 보고 싶었다. 콘서트에서 가수를 기다리듯 그의 등장을 기다렸다. 얼마나 잘 치길래, 어떻게 치길래 아마 최강이라는 타이틀을 그리 오래 유지할 수 있는지 궁금했다. 그는 개인전에는 참가하지 않고 오후에 열리는 단체전에만 참가했다.

3시 30분이 지났는데도 그를 호명하는 소리는 들리지 않는다. 귀는 바짝 열어두고 경기장 사이를 비집고 돌아다닌다. 아! 많이 보던 얼굴이 보인다. 유튜버 알럽핑퐁이 카메라를 설치하고 카메라 뒤에서 멘트를 하고 있다. <탁규 TV>의 탁규도 보이고 <쓩튜브>의 쓩튜브도 보인다. 고릴라캠핑 배 영상에서 본 김도엽 선수도 보인다. 마스크를 쓰고 있을 때는 나이가 좀 있는 줄 알았는데 앳된 모습이다. 게임 영상에서 자주 보았던 구정운, 송예영 선수의 얼굴도 보인다. 하마터면 아는 체할 뻔했다. 영상 속 사람들의 경기를 실제 보고 있으려니 신기했다. 나 혼자 신났다. 그렇다고 뜬금없이 다가가 "구독자예요."라고 말할 수는 없었다. 숫기 있는 인간도 아니고 그런 분위기는 더더욱 아니었다. 스타들을 만난 듯 한껏 들떠 흥분해 있는 나와 달리 대회에 출전한 선수들은 이들이 안중에도 없다. 유명하거나 말거나 유튜버이거나 말거나. 그들은 오늘의 주인공이 유튜버들이 아니라 그들 자신이라는 걸 누구보다 잘 알고 있었다.

드디어 윤홍균의 이름이 불렸다. 24번 탁구대에서 게임을 한단다. 드디어 실물 영접인 건가? 영상과 똑같은 모습의 그가 라켓 케이스를 들고 터벅터벅 걸어온다. 드디어 그의 경기를 직관하다니! 손에는 핸드폰을 들고 동영상을 찍는 동시에 눈은 그의 일거수일투족을 하나라도 놓칠세라 게임에 고정시킨다. 다른 선수와 뭐가 다른지 꼭 알아내고야 말겠다는 일념으로 뚫어지게 쳐다보지만 사실 잘 모르겠다. 드라이브 걸 때 속도가 빠르다는 것, 코스가 날카롭다는 것, 상대의 서비스를 짧게 잘 놓는다는 것 등 일반적인 것들만 보였다. 딱 내가 아는 만큼만 보였다. 더 잘 쳐야 더 잘 보일 텐데. "구독자인데 사인 한 번만 해 주세요."라고 말해볼까 몇 초 고민했지만 이내 마음을 접었다. 쑥스러웠다. 숫기 없는 팬 같으니라고! 일종의 덕질이긴 한데 소심한 덕질이 아닐수 없다.

아쉬운 마음은 그의 두 번째 경기를 지켜보는 것으로 달래기로 했다. 그런데 나만 덕질을 하고 있을 뿐(아무도 덕질인지 모름) 상대편 선수들은 물론 양옆 테이블 선수들 역시 그가 윤홍균이거나 말거나 개의치 않는다. 그들에게는 그들이 주인공인 게임만이 유일한 관심사다. 라켓을 들고 탁구대 앞에 서 있는 모든 선수가 주인공이다. 모두를 주인공으로 만드는 탁구. 인생에서 우리는 주인공 역할을 얼마나 하고 살까? 주인공이라고 느끼지 못하는 세상에서 탁구 대회장은 그런 우리를 주인공 자리에 앉혀 놓고 마음껏 뽐내게 한다. 자신의 이름이 커다랗게 새겨진 등번호를 하나씩 달고 각자의 무대에서 저마다 반짝반짝 빛을 내고 있다. "탁구는 보는 것보다 치는 게 더 재미있다."라는 말을 증명하고 있다.

2장

단식:
나를 알아 가는 중입니다

여행 중
탁구 치러 가 본 적 있으세요?

"공항입니다. 혼자인데 운동하러 가도 되나요?" "가능합니다. 12시 30분부터 점심시간인데 지금 오실 건가요?" "네, 바로 가겠습니다." 핸드폰 시계를 보니 10시 40분. 2박 3일치 짐이 든 묵직한 배낭을 둘러맨 채 부랴부랴 택시 승강장으로 뛰어간다.

여기는 제주도 국제공항. 가족들과 친정아버지 팔순 기념 여행을 마친 후 2박 3일 여행을 더 하기 위해 혼자 남았다. 평창 아시아 탁구 선수권 대회 관람을 위해 1박 2일 여행한 적은 있었지만 혼자서 2박 3일 여행은 처음이다. 처음이 어렵지 두 번째는 이렇게나 수월하다. 수개월 동안 머리를 쥐어뜯으며 '브런치북 출판 공모전'을 준비하고 응모 버튼을 누른 후라 핑계 삼아 이곳에서 휴가를 보내기로 했다. 쉬러 왔다면서 첫 일정이 제

주도에 있는 탁구장에 가는 거라니!

지난밤 숙소에서 배낭의 절반 이상을 차지한 탁구 라켓과 탁구복을 보면서 '너도 참 탁구를 좋아하는구나.' 혀를 끌끌 찼다. 뚜벅이 여행이라 달랑 배낭 하나 메고 돌아다녀야 하는데 짐 절반 이상이 탁구용품이다. 마치 가족들이 떠나기를 기다렸다는 듯 배웅이 끝나자마자 쏜살같이 탁구장을 향해 달려가고 있다. ○○○ 탁구 센터에 10분도 되지 않아 도착했다. 공항 근처라 여행 오는 분들이 자주 이용하는 탁구장이란다.

택시에서 내려 탁구장 간판을 쓱 훑어본 후 탁구장 안으로 들어선다. 오전 시간임에도 탁구대가 거의 만석이다. 나이 많은 분들부터 30~40대까지 연령대가 다양하다. 코치님은 레슨을 하고 있고 기웃기웃하는 나를 보곤 한 여성분이 뛰어온다. "전화하신 분이세요? 몇 부예요?" 아! 부수를 물어보는구나. '대회에 나가지 않아 부수가 없다는 설명을 해야 하나? 아니지. 굳이 뭘 그런 이야기까지? 공식 부수는 아니지만 관장님이 외부에서 오는 사람들에게 7부 정도 친다고 이야기하니까 그냥 7부라고 할까?' 순간 머릿속이 복잡

살짜쿵 탁구

해졌다. 그리곤 곧 이렇게 대답했다. "7부고 탁구 친 지 5년 되었습니다." 7부라고? 잘도 지어낸다. '8부라고 말하는 게 창피했냐?' 스스로에게 물으면서 씁쓸했다. 대회에 나가도 단박에 7부로 승급할 수 없다는 걸 알고 있기 때문이다. 공식 7부와 7부 정도 친다는 건 엄연히 다르다. 구장에서 못 느꼈던 현타(현실 자각 타임)가 몰려왔다.

복잡한 감정은 뒤로한 채 탁구복으로 갈아입은 후, 안내해 주신 분의 소개로 코치님 바로 옆 탁구대에 섰다. "이분과 치시면 됩니다." 30대 후반쯤 되어 보이는 여성분과 인사를 나누고 포핸드 랠리를 시작한다. 파워가 장난이 아니다. 포핸드를 치다가 스매싱을 날리기도 한다. 그녀의 스매싱을 받아 주다 실수한다. 포핸드 랠리인데 계속되는 그녀의 스매싱 공격에 '저도 스매싱할 줄 알거든요. 못 해서 안 하는 게 아니라 포핸드 랠리라 안 하는 겁니다.'라는 마음이 들었는지 나도 모르게 그녀의 화쪽 모서리에 빠르게 스매싱을 날린다. 그녀는 "나이스"를 외치더니 점점 더 공격적으로 스매싱을 날린다. 졸지에 스매싱 대결이 되어 버렸다. 포핸드에 이은 백핸드에서도 서로의 백핸드를 뽐내고 서로에게 "나이스"를 외치며 주거니 받거니 한다. 그녀도 기본기 연습을 좋아하는 것 같아 연습을 좋아하는 나로선 다행이다. 사실 게임 하자고 할까 봐 겁났다. 점심시간까지는 1시간밖에 남지 않아 게임보다는 연습하고 싶었다. 에구 이놈의 연습병! 안에서 새는 바가지 밖에서도 여지없다.

백쪽에서 돌아서 스매싱하는 연습을 하고 싶어 그녀에게 조심스럽게 물었다. "백쪽에서 돌아서 치는 스매싱 연습 먼저 하시겠습니까?" 그녀는 흔쾌히 수락했고 돌아서 스매싱을 하기 시작했다. 앗싸! 환상의 짝꿍이 아닐 수 없다. 이번엔 내 차례. 매일 해 오던 연습을 바다 건너 제주도, 낯선 탁구장, 낯선 사람과 하고 있다니! 공간은 다르지만, 일상을 살고 있다는 느낌이 들었다. 그렇게 탁구장에서의 한 시간은 빠르게 흘러갔다. 코치님이 레슨 하는 모습을 곁눈질로 힐끔힐끔 보면서, 멀리 떨어진 공을 주우러 가며 옆 탁구대의 게임하는 모습을 살짝살짝 보기도 하면서 말이다.

12시가 다 되어서야 운동이 끝났다. 탁구대 뒤편 거울을 보니 이마엔 땀이 송골송골하고 화장이 지워진 얼굴은 보기 민망할 정도다. 그래도 운동했다는 기분만은 산뜻하다. "내일도 오시나요?" "아뇨. 여행 왔다가 운동하러 왔어요. 연습 좋아하는데 함께 쳐 주셔서 너무 감사해요." "여행 와서 탁구 치러 오다니 정말 대단하시네요." "여행지에서 탁구 치는 게 제 로망이었거든요. 사진 한 장 찍어 주시겠어요?" 언제 보았다고 이야기가 술술 잘도 나온다.

그렇게 인증샷을 찍고 샤워를 한 후, 탁구장 밖으로 나왔다. 내가 마지막이었나 보다. 점심시간이라 문을 닫고 식사를 하러 가시는지 코치님과 나를 안내해 주신 분을 태운 차가 바로 출발했다. 주인이 떠난 자리에 남겨진 나는 탁구장 주변을 어슬렁거리며 나만의 탁구 여행을 잠시 음미했다. 제주도에서 탁구 치는 분들과 탁구 이야기도 하고 싶었는데 그러지 못해 못내 아쉬웠다. '뭐 이런 날도, 이런 여행도 있는 거지.'라며 마음을 추스르고 다음 목적지를 향해 떠났다.

여행 가서 탁구 치러 갈 거라는 이야기를 했더니 한 고수님이 이런 말을 하셨다. "탁구장 도장 깨기 하러 가는 거야?" 푸하하! 도장 깨기는커

넝 부수도 내 맘대로 올리고 원래의 성향대로 연습만 하고 왔다. 사람 쉽게 변하지 않는다는 말을 재차 확인하면서 말이다.

그래서 다음에도 여행 중에 탁구 칠 거냐고? 당연하지. 새로운 장소에서 탁구를 친다는 건 여러 가지 이유로 좋다. 새로운 공간이어서 좋고 탁구가 아니라면 전혀 만나지 못할 사람을 만나 탁구 치는 것도 좋다. 탁구장에는 저마다의 색깔이 있는데 그 색깔을 느껴 보는 것도 좋다. 다음 여행지의 탁구장이 기대되는 이유이기도 하다. 탁구장에서 반기는 실력 있는 고수는 아니지만 가고 싶은 탁구장은 넘쳐난다. 대한민국에는 탁구장이 몇 개나 될까? 전국 맛집 지도처럼 전국 탁구장 지도 같은 건 없나?

살짜쿵 탁구

탁구와 글쓰기

아이를 키우는 전업주부인 나의 유일한 탈출
구는 매주 책을 읽고 토론하는 모임이었다. 누구
의 엄마도, 누구의 아내도 아닌 온전히 내 이름 석
자로 불리는 그 공간과 그 짧은 두 시간을 열렬히
사랑했다. 그 시간이 나를 하나의 온전한 인간으
로 살아 있게 했다. 머리만 비정상적으로 비대해
지는 걸 느끼고 있었음에도 마치 토론하는 모임
이 삶의 전부인 양 10년 이상을 살았다.

머리 쓰는 일에 치우쳐 내게 몸이라는 게 있
는지 망각하고 살았다. 다른 이들은 육아와 일을
병행하면서 운동도 하던데 난 그렇게 멀티 태스
킹이 되는 인간이 아니다. 한 번에 하나밖에 못 한
다. 그나마 내게 장점이 있다면 내가 어떤 인간인
지 알고 있다는 자기 객관화 능력이 아닐까 싶다.
그러니 이런 내게 목요일 오전 토론 모임이 얼마

나 큰 숨구멍이었겠는가? 나 자체로 살 수 있는 시간. 그렇게 내 삶의 한 페이지는 흘러갔다.

그러던 어느 날 읽기만 하는 것에 지쳤는지 아니면 꾸역꾸역 책을 머리에 밀어 넣기만 하는 삶에 지쳤는지 글을 써 봐야겠다는 욕망이 끓어올랐다. 뭐든 써야 할 것 같았다. 쓰지 않고서는 안 될 것 같았다. 글을 쓰기 위해서는 체력이 필요하다는 말을 여러 작가들로부터 수없이 들었기에 갓 입문한 탁구라는 운동을 도구 삼아 체력을 키우리라 결심했다. '그래. 탁구로 체력을 키우고 그 체력을 바탕으로 글쓰기에 한번 미쳐 보자.'라는 나름 주도면밀한 계획을 세웠다. 당연히 이 프로젝트의 주연은 글쓰기고 탁구는 주인공을 빛내주는 조연이었다. 내 인생의 다음 페이지는 그렇게 흘러가는가 싶었다.

그런데 어느 날부터인가 조연인 탁구가 주인공을 하겠다고 난리를 치기 시작했다. 몸과 마음이 점점 탁구로 기울어지기 시작했다. 책을 읽다가도 글을 쓰다가도 탁구 생각 때문에 온전히 집중할 수 없었다. 뭔가를 도구 삼는다는 게 얼마나 불온한 생각인지 그때서야 알았다. 그렇게 글쓰

살짜쿵 탁구

기는 탁구에게 잡아먹혔고 이를 두고 볼 수 없어 탁구에 대해 글을 쓰는 것으로 타협점을 찾았다. 탁구에 점점 미쳐 가는 내 이야기를 쓰는 것으로 최종합의를 봤다. 오랜 시간 갈등 끝에 나온 극적 타결이었다.

그런데 어찌 보면 잘된 일인지도 모른다. 글쓰기도 탁구도 말 그대로 생초짜다. 둘 다 입문자이기에 비슷한 부분이 있을 것이다. 넓은 의미에서 보면 뭔가를 배운다는 건 비슷한 과정을 거칠 것이고 분명 다른 영역이지만 모든 배움은 연결되어 있을 테니 말이다. 어찌 되었든 인생 2막은 글쓰기와 탁구로 정했다. 둘 다 만만한 일이 아니기에 오히려 도전의식이 샘솟는다. 기질상 꾸준히 하는 것만큼은 자신 있다. 둘 다 수많은 반복을 통해서만 앞으로 나아갈 수 있으니 꾸준히 하는 것밖에 할 줄 모르는 인간인 내게 딱 맞는 일이요, 운동인 것이다.

두 영역이 닮았다는 걸 찾는 건 오래 걸리지 않았다. 글을 잘 쓰기 위해서는 좋은 문장을 베껴 쓰는 필사라는 방법이 있다. 책 전체를 필사하거나 인상적인 구절만 필사하는 방법이 있는데 읽거나 토론하는 모든 책의 인상적인 구절들을 필사해 오고 있다. 필사도 초보라 모든 문장이 귀하게 느껴져 책 한 권당 적게는 A4 용지 5장부터 많게는 20장까지 꾹꾹 눌러 쓰고 있다. 그리곤 내 것으로 소화시키기 위해 그 문장들을 거듭 반복해서 읽는다. 그러면 어느 날 몸속 어딘가에 박혀 있던 문장이 나도 모르게 튀어나올 때가 있다. 내 것으로 소화되어 저절로 글이 써질 때가 있다. 이때의 기분이란 매일 지겹도록 연습했던 탁구 기술이 몸 안에 쌓여 있다 나도 모르게 나올 때의 느낌과 비슷하다. 이렇듯 좋은 문장과 탁구 기술을 수없이 반복해 내 몸 어딘가에 집어넣고 그것들이 저절로 글로, 몸으로 발현되는 방식을 좋아한다. 이러한 과정이 글쓰기 근육과 탁구 근육을 키워 주고 나를 단단하게 만들어 주고 있다는 게 느껴진다. 서로가 서로에게 시너지 효과를 준다. 그래서 이런 방식으로 하루하루 글을 쓰고 탁구를 치다 보면 언젠가는 늘겠지라는 믿음이 생기게 되었다. 나를 믿고 나아갈 수 있게 되었다.

그럼에도 어느 날은 정체되어 있는 것 같은 느낌에 짜증이 확 솟구쳐 오르고 어느 날은 한 발

살짜쿵 탁구

짝 앞으로 나아가고 있는 것 같은 느낌에 뿌듯해하기도 한다. 이러한 날들의 반복이다. 이러한 사이클에서 여러 생각들이 교차하고 조금씩 몸도 마음도 성장한다. 이러한 기쁨은 잔잔하지만 일상을 조용한 행복으로 물들인다. 그러기에 오늘도 둘 다를 꼭 부여잡고 이 길 위에 서 있는지도 모른다. 어제보다 나아지겠다는 일념 하나로 말이다.

얼마 전 프랑스 화가 앙드레 브라질리에의 전시회를 다녀왔다. 올해 94세인 그의 작품들은 대가의 작품답게 그만의 색깔로 가득했다. 그러나 마음에 와닿은 건 그가 그림을 그린 시간이었다. 알폰스 무하의 제자였던 아버지의 영향으로 일찍 그림을 시작한 그는 무려 80년 동안 그림을 그렸다고 한다. 80년 동안 그림을 그렸다고? 한 인간이 80년 동안 그림을 그린다는·건 어떤 의미일까? 이제 막 글쓰기와 탁구라는 세계에 입문한 지 5년 차인 내게 80년이란 그야말로 경이로운 시간이었다. 그 앞에서 나의 5년이란 시간은 어쩌면 찰나의 시간이지 않을까? 요즘 그처럼 무언가에 빠져 오랜 시간 그 길을 가고 있는 사람들이 눈에 들어오기 시작했다. 그 긴 시간 동안 어떤 방식으로 그 일을 하고 있는지에 대해서도 궁금해지기 시작했다.

가능하다면 그처럼 오래오래 글을 쓰고 탁구를 치고 싶다. 그저 글 쓰는 게 좋고 탁구 치는 게 좋다. 그도 단지 좋아서 그 많은 시간 붓을 잡고 있었겠지? 그럼 좋아하는 걸 오랜 시간 할 수 있는 방법은 무엇일까? 내 경우 글쓰기와 탁구, 둘 다 반복하고 또 반복하는 방법으로 그 길을 가고 있다. 내가 하는 방법이 옳아서가 아니라 내게 맞는 방식이기에 선택했다. 내 인생의 또 다른 페이지는 이렇듯 수많은 반복으로 흘러갈 듯 싶다.

살짜쿵 탁구

무엇이 그녀를 저리 혹독하게
연습하게 만드는가?

탁구 로봇과 푸시를 연습하고 있다. 관장님께 백플릭을 배우고 있는데 공에 힘이 없는 것 같아 '푸시를 하면 힘이 키워지지 않을까?'라는 생각에서다. 세게 치니 오른팔이 아프다. 한 번 더 기운을 내 본다. 푸시가 끝난 후 힘이 생겼는지 확인하기 위해 백플릭을 시도해 본다. 예전보다 공이 힘 있게 넘어간다. 오케이. 이런 방식으로 연습하다 보면 점점 좋아지겠는걸? 이것저것 시도해 보며 연습하는 게 기질에 맞음을 다시 한번 확인한다. 이 순간 잘하고 있다는 감각이, 더 나아가 잘 살고 있다는 감각이 나를 다독여 준다. 인간이 행복을 느끼는 순간은 잘 살고 있다는 느낌이 들 때라는데 지금이 바로 그 순간인가? 로봇을 붙잡고 골머리를 썩고 있지만 뭐라도 해 보려고 안간힘을 쓰고 있는 이 순간이 좋다. 라켓을 휘두르며 무언가를 만들어 내려는 경험은 그 자체만으로도 특별하다.

짧은 커트 공에 대한 백플릭 연습 후, 긴 커트 공에 대한 백 드라이브 연습을 시작한다. 팔을 쭉 펴지 않아서 공이 네트에 걸린다는 관장님의 지적을 생각하며 팔을 펴는 데 집중한다. 오른발로 들어가 자리를 잡고 거는 백플릭은 나름 익숙해졌는데, 긴 커트 공인 경우 자리를 제대로 잡지 못해 더 어려워졌다. 짧은 공과 긴 커트 공의 불규칙 레슨 때 짧은 커트 공에 자신이 생겨 앞으로 들어가려다 보니 상대적으로 길게 오는 공에 대한 미스가 많아졌다. 푸시, 백플릭, 백 드라이브 연습만 했는데도 1시간 가까이 흘렀다.

이 모습을 지켜보던 한 회원이 질문을 던진다. "무엇이 그녀를 저리 혹독하게 연습하게 만드는가?" 옆에 있던 회원이 대신 답을 한다. "5부가 되려고 저렇게 열심히 하는 거 아닐까요?" 회원들은 그리 생각할 수도 있겠다. 변명 아닌 변명으로 답을 대신한다. "저는 다른 사람들보다 느려서 연습이 많이 필요해요. 그리고 연습하는 게 재미있어요." 이후 이 질문이 머릿속을 떠나지 않는다. 단지 연습하는 게 재미있어서 그렇게 열심히 연습하는 거라고? 단지 그 이유만은 아닐 텐데?

한 회원이 올해 목표가 무엇인지 물었다. 그런데 질문이 좀 이상하다. "누구를 이기는 게 목표야?" '누구를 이기는 게 목표가 될 수 있다'라는 걸 그의 질문을 통해 알았다. 질문은 그 사람이 어떤 사람인지 보여 준다. 그는 게임을 좋아하고 승부욕이 강하다. 그의 관점에서는 다른 사람을 이기는 게 목표가 될 수도 있겠다.

그럼 내 올해 목표는 뭘까? 야심차게도 포핸드 드라이브와 백 드라이브를 상대의 화쪽, 백쪽 코스별로 자유롭게 보내는 걸 목표로 삼았다. 어느 고수는 "이게 다 되면 선수지."라며 코웃음을 친다. 그에게는 구력이 짧은 탁구인의 무모한 목표로 보였으리라. 어찌 되었든 이러한 목표의 틀 안에서 레슨을 받고 이를 위해 연습 중이다. 그럼 나는 왜 이러한 목표를 세웠을까? 5부가 되길 원하나? 물론 쉽진 않겠지만 5부가 되면 좋을 것이다. 하지만 그게 나라는 인간에게 목표일 수는 없다. 어느 고수는 "탁구장은 승부를 내야 하는 전쟁터야. 게임 할 때는 전쟁터에 나간다는 생각으로 임해야 해."라는 말을 한 적이 있다. 그의 말대로 '탁구장은 전쟁터다.'라고 생각해 보려 했으나 마음이 무른 건지 그런 마음이 먹어지질 않았다. 생각 자체가 성향과 맞지 않았다. 그런 위인이 되지 못한다. 예전부터 그랬다. 다른 사람을 상대로 이기거나 지는 것에 관심이 없다. 내 만족이 중요하다.

십년지기 친구는 "그렇게 생각하면서 네가 남보다 우월하다고 생각하는 거 아니야?"라고 물어 당혹스러운 적이 있었다. "그런 뜻이 아닌데 그렇게 느꼈다면 내가 잘못했네."라는 말로 답을 대신했다. 그렇게 오해할 수도 있겠다 싶었다. 부족하면 부족했지, 우월하다고 생각해 본 적은 없다. 내가 어떤 기질의 인간인지를 알고 있을 뿐이다. 내가 정한 기준을 만족시킬 수 있는가 없는가에 관심이 더 쏠리는 인간이다. 게임 시에도 레슨 받은 것, 연습한 것이 하나라도 나오면 뿌듯하고, 뭔가 해낸 것 같은 만족감에 몸을 부르르 떤다. 이 만족감 때문에 승부를 내야만 하는, 성향과 도통 맞지 않는 탁구를 쉽게 그만두지 못하는지도 모른다.

그럼 무엇 때문에 이렇게 연습에 매달리는 것

살짜쿵 탁구

일까? 원하는 탁구 스타일을 만들기 위해서다. 내가 원하는 탁구 스타일은 게임 중 백 드라이브와 포핸드 드라이브를 자유자재로 구사하는 것은 물론 백플릭, 화플릭 등 최대한 다양한 기술을 구사해 풍성한 게임을 하는 것이다. 이러한 스타일로 탁구를 치는 게 장기적인 목표다. 이를 위해 그의 말대로 남들이 보기에는 혹독하게 연습 중인 것이다. 하지만 단기간에 결과가 나타나진 않는다. 언제 가능할지도 모른다. 하지만 이런 스타일로 탁구를 치고 싶다.

"8부가 8부 수준에 맞게 탁구를 쳐야지 상위 부수처럼, 선수처럼 탁구를 치려고 하나?"라는 비웃음도 들린다. 백플릭을 시도하면 게임 중에는 그렇게 하기 어렵다며 안전하게 커트하라고 시도 자체를 막는 회원이 있다. 돌아서 치면 돌아서 치는 건 무모하다는 말을 해 의욕을 꺾는 회원도 있다. 커트가 많이 먹어 오는 공을 백 드라이브로 넘기다 실수를 하면 안전하게 커트를 하라고 압박하는 회원도 있다. 그럼에도 원하는 탁구 스타일을 만들기 위해 게임이든 연습이든 무식하게 연습 중이다. 마이웨이를 가고 있다.

탁구 코치이자 유튜버 임창국은 드라이브 전형 여성 회원을 가르치며 이런 말을 한 적이 있다. "그녀는 처음부터 드라이브를 배웠다. 드라이브를 구사하기 위해서는 시간이 많이 걸린다. 그래서 지금 당장 비슷한 부수와 게임을 하면 지는 경우가 많다. 하지만 장기적으로 볼 때 드라이브 전형으로 자신의 스타일을 만들게 되면 앞으로 그녀의 탁구는 훨씬 발전 가능성이 있다. 내가 어느 정도 만들어졌을 때의 그림을 생각하고 레슨 받고 연습해라. 당장을 어떻게 하려고 하지 말고 길게 보고 가라."

길게 보고 가라는 말, 지금 당장은 늦을 수 있지만 자기 스타일은 자기가 만들어 가면 된다는 말. 이 말에서 내 탁구의 방향성을 찾았다. 이렇게 마음먹으니 포핸드 드라이브, 백 드라이브를 걸어 실수를 해도 과정 중이라는 생각에 더 열심히 시도한다. 다른 회원들의 조언에도 쉽게 휘둘리지 않는다. 포핸드 드라이브, 백 드라이브, 백플릭, 화플릭 등 다양한 기술들을 자유자재로 구사하는 내 모습을 상상해 본다. 이렇게 할 수 있다면 게임 내용은 자연스럽게 풍성해질 것이며 내가 그토록 중요하게 여기는 만족감 또한 충분히 느낄 수 있을 것이다. 그러나 원하는 만큼의 기술을 구사하지 못할 수도 있다. 생각한 것보다 오랜 시간이 걸릴 수도 있다. 하지만 중요한 건 '이것들을 추구하는 행위, 그 자체'가 아닐까? 이 말이 내 안에서 굳건히 버텨 주는 한, 원하는 탁구 스타일을 만들기 위해 길게 보고 갈 수 있다. 그 스타일이 만들어졌을 때의 내 모습을 상상하며 오늘도 난 그 길 위에 서 있다.

승부의 세계에서
승부를 내지 않는다는 건

"매일 하는 연습 지겹지도 않냐? 보는 사람이 다 토가 나올 지경이야." "게임 안 하는 게 가장 큰 문제야." "게임 안 하려면 탁구는 왜 쳐?" "게임을 해야 실력이 늘지."

그렇다. 나는 이른바 탁구장에서 문제적 인간이다. 탁구는 승패를 가리는 운동인데 승부 내는 걸 거부하고 있다. 작가 지망생으로 하루 종일 글쓰기와 필사, 책 읽기 등에 매달린다. 그러기에 머릿속은 항상 과부하 상태다. 저녁 식사 후 머릿속을 탈탈 털어내기 위해 탁구장으로 향한다. 또다시 머리를 써야 하는 게임은 하고 싶지 않다. 승패 후 일희일비하는 감정 소모도 싫다. 아무 생각 없이 몸만 쓰고 싶다.

시스템 연습에서 답을 찾았다. 파트너와 연습 시스템을 짜고 연습에 몰두한다. 포핸드, 백핸드,

돌아서 상대의 백쪽에 스매싱, 상대의 화쪽에 스매싱 등 해야 할 연습은 무궁무진하다. 똑같아 보이지만 어제의 연습과 오늘의 연습은 다르다. 점점 나아지고 있다는 감각이 있다. 연습하는 걸 좋아하다 못해 연습에 집착한다. 연습을 통해 체력의 한계치까지 나를 밀어붙이다 보면 어지러웠던 머릿속이 말끔히 비워지는 것 같다. 유난히 머리를 많이 썼다 싶은 날은 숨이 꼴딱꼴딱 넘어갈 때까지 탁구장을 뛰어다닌다. 그러면서 알았다. 나라는 인간은 정해진 시스템을 좋아하고 일정한 운동량이 충족되어야 만족하는 인간이라는 걸.

타고난 성향도 한몫한다. 어떤 일이든 누군가와 경쟁하는 걸 좋아하지 않는다. 그보다는 내가 정한 기준이나 목표를 달성해 가면서 느끼는 만족감이 중요하다. 어제보다 조금씩 나아지는 오늘의 내가 기준점인 것이다. 이런 기질의 내게 승부를 내야 하는 탁구는 굉장히 이질적인 운동이다. '차라리 마라톤을 할 걸 그랬나?' 후회한 적도 있다. 그럼에도 탁구가 기질에 꼭 맞는 부분이 하나 있다. 반복하는 걸 지루해하지 않는 성격이다. 무언가를 체득하는 데 있어서 느리기도 하거니와 감각이 없어서라는 게 내가 내린 결론이다. 기타를 배울 때도 그랬다. 음악적 감각이 없으니 다른 사람들보다 긴 시간 반복 연습을 통해 가까스로 진도를 따라갈 수 있었다. 반복이 일상에 자리 잡기 시작했다. 책을 읽을 때도 인상적인 구절들을 필사한 후, 그 부분들을 반복해 읽고 이를 체화시키려고 노력했다. 반복이 삶으로 자리 잡았다.

탁구 기술 역시 무한 반복을 통해서만 내 것으로 만들 수 있다. 반복을 통해 기술들을 하나씩 발전시켜 가는 과정이 성향에 맞는다. 탁구를 칠 때 수많은 반복을 통해 몸에 각인되었던 것이 무의식적으로 나오는 순간 가장 희열을 느낀다. 그런데 이러한 순간은 자주 찾아오지 않는다. 될 듯, 말 듯 잡히지 않는다. 그러니 연습에 집착할 수밖에. 어제는 그 기술이 잘 되었다는 감각이 있었는데 오늘은 그 감각을 느끼지 못한다. 감각이라는 그분께서 몸에 왕림하셨다가 가시기를 반복한다. 반복해도 안 되면 '연습 부족이군'이라는 단순한 대답으로 나를 위로한다. 그만큼 연습에 대한 믿음이 굳건하다. 다른 사람이 보기에는 똑같아 보이겠지만 연습을 통해 내 탁구가 단단해지고 있

살짜쿵 탁구

다는 게 느껴진다. 어제보다 조금씩 나아지고 있다는 느낌. 앞으로 나아가고 있다는 느낌. 이거면 충분하다.

내가 좋아하는 방식으로 탁구를 치고 있다. 그럼 이런 나를 바라보는 탁구장 사람들의 시선은? '게임을 하지 않겠다고? 뭐 이런 애가 다 있어?'라는 눈빛이 대부분이다. 어느 상위 부수는 자신이 하위 부수와 게임을 해 주겠다는데 하위 부수가 거절한다며 괘씸해하기도 했다. 초보인 주제에 자기가 뭐라고, 재수 없었을 것이다. 죄송스럽다. 하지만 그와 게임을 시작하면 다른 회원과도 게임을 해야 하기에 따가운 눈총을 받아도 어쩔 수 없었다. 사람이 일관성이 있어야 하지 않겠는가? 처음이 어렵지, 먹을 만큼의 욕을 먹고 나니 "원래 쟤는 저렇게 연습만 하는 애야."라는 콘셉트를 가질 수 있었다. 선택에는 대가를 치러야 한다. 대가 없이 주어지는 건 없다. 이렇게 "내놓은 아이"이자 "포기한 아이"가 되었다. 지금도 여전히 "게임을 안 하면 어떡해?"라는 이야기를 자주 듣는다. 대가는 매번 치러야 한다. "그러게요. 게임 안 하는 게 문제예요. 알고 있는데 잘 안 되네요." 빛의 속도로 인정한다. 그리곤 냅다 연습하러 나간다. 모델 한혜진의 말이 떠오른다. "세상에 어떤 것도 제 마음대로 안 돼요. 제 의지로 바꿀 수 있는 게 몸밖에 없더라고요." 그래. 인생사 뜻대로 되는 것 하나 없는데 탁구만이라도 내 기질대로 쳐 보자. 나 하나쯤 이렇게 친다고 탁구계에 큰 영향을 끼치는 것도 아니고.

그렇다고 아예 게임을 안 하는 건 아니다. 주말에는 게임을 한다. 평일에 하고 싶은 대로 다 하고 살았더니 내 생각만 하고 사나 싶어 마음이 편치 않아서이다. "주말에는 게임도 한답니다."라는 궁색한 변명을 하려는 속셈도 있다. 사람들과의 관계도 있으니 끝까지 내 고집만 부릴 순 없다. 사실 주말에도 연습만 하고 싶다. 정말 못 말린다. 하지만 나란 인간이 원래 이렇게 생겨 먹은 걸 어쩌겠는가? 그러니 나만의 방식으로 승부의 세계를 받아들일 수밖에. 이러한 성향임에도 언젠가는 게임을 해야 한다는 걸 안다. 언젠간 하겠지. 어느 순간 게임 한다고 미쳐 날뛸지도 모른다.

살짜쿵 탁구

시스템 그리고 시스템

시스템을 좋아하는 정도가 아니라 열렬히 사랑한다. 일상도 하나의 시스템을 만들어 놓고 그 안에서 움직이려고 하는 편이다. 탁구장에서도 이러한 기질은 여실히 나타난다. 나를 가르쳤던 코치님 중 한 분은 기본기 연습을 가장 중요하게 생각해 기본기 연습 시스템을 알려 주고 파트너와 짝을 지어 연습하게 했다. 일 년 반 정도 이러한 연습은 계속되었다. 연습이 일상에 자리를 잡기 시작한 것은 그때부터였다. 처음이 어렵지, 습관이 되고 나니 지금의 탁구장에서도 누가 하라고 한 것도 아닌데 누구든 붙잡고 당연하다는 듯 기본기 연습을 하고 있다.

오늘도 연습 파트너와 기본기 연습을 하고 있다. 돌아서 스매싱을 해 상대의 수비를 뚫는 연습은 이제 익숙해져 하나의 기본기 루틴으로 자리

잡았다. 처음에는 돌아서 공을 맞히는 것도 힘들고 무조건 세게 쳐야 한다는 강박에 어깨에 힘이 잔뜩 들어갔는데 이제는 예전보다 한결 편안해졌다. 이러한 연습을 하며 작가 무라카미 하루키의 『달리기를 말할 때 내가 하고 싶은 이야기』의 다음 문장이 떠올랐다. "아무리 하찮은 일이라도 매일매일 계속하고 있으면, 거기에 뭔가 관조와 같은 것이 우러난다." 매일 연습하다 보니 길이 보이기 시작했다. '파워가 아니라 빠른 스윙 속도로 수비를 뚫어 봐야지, 상대방 백쪽 모서리로 보내는 연습을 해 봐야지.' 다양한 목표도 생기기 시작했다. 물론 어느 날은 잘 되었다가 다음 날은 다시 원점으로 돌아와 허무할 때도 많다. 하지만 뭔가 조금씩 나아지고 있다는 잔잔한 감각이 몸을 타고 흐른다.

반복 연습을 통해 '나라는 인간은 얼마큼 연습을 해야 각각의 기술을 습득할 수 있나?'라는 대략의 기준점을 가지게 되었다. 투입해야 하는 시간과 노력의 정도를 알아 가는 중이다. 시스템 연습을 주 3회 이상 했기에 얻을 수 있는 데이터다. 기본기 연습이 하나씩 추가되고 있다. 시스템은

살짜쿵 탁구

그야말로 진화 중이다. 기본기 연습이 하나씩 추가될 때마다 나만의 시스템 연습이 완성되어 가고 있다는 느낌에 뿌듯하다. 시스템을 정말 사랑하는 인간이다.

이러한 시스템 연습 덕분에 "부수에 비해 기본기가 좋으시네요."라는 이야기를 많이 듣는 편이다. 하지만 잘 갖춰진 연습 시스템에 비해 게임 때 쓸 수 있는 시스템은 거의 없다. 예를 들면 서비스를 커트로 넣고 백 드라이브, 포핸드 드라이브를 하겠다는 시스템이 있어야 하는데 이러한 시스템이 없다. 서비스가 가장 큰 문제다. 커트 서비스를 넣는다고 넣었으나 커트 양이 10 중 1이나 2의 비율밖에 되지 않는다. 제대로 된 커트 서비스를 넣어야 커트로 되돌아와 백 드라이브나 포핸드 드라이브를 구사할 수 있는데 그것이 불가능하다. 커트 서비스가 좀처럼 넣어지지 않는다. 연습을 해도 쉽지 않다. 언제 제대로 된 커트 서비스를 넣을 수 있을지?

그래서 더더욱 드르륵 빠르게 서비스를 넣고 상대가 리시브하는 대로 치겠다는 마음이 강하다. 상대가 주는 리시브에 맞춰 움직인다. 서비스

권을 가지고 있다는 건 주도권을 가지고 있다는 것인데 오히려 상대에게 주도권을 갖다 바친다. 이런 경우 상대의 범실에 의존하기 때문에 상대의 컨디션에 따라 승률이 결정된다. 상대가 실수를 많이 하는 날은 이기고, 상대가 실수하지 않는 날은 지고 만다. 그저 매일매일 운에 기대는 형국밖에 되지 않아 실력 향상을 기대하기 어렵다. 시스템을 이용한 게임은 결국 내 주도권을 어떻게 점수로 연결할지에 대한 문제다.

우선 지극히 미약하지만 가지고 있는 서비스로 게임 시스템을 만들기로 하고 관장님께 조언을 구했다. 세 가지 시스템을 알려 주셨는데 첫 번째는 상대의 백쪽 모서리 엔딩 라인에 최대한 빠르게 드르륵 넣고 리시브 되어 온 공을 푸시하는 거다. 두 번째는 리시브 되어 오는 공을 상대의 화쪽으로 빠르게 빼는 것이고 세 번째는 리시브 되어 오는 공을 백쪽에서 빠르게 돌아 상대의 백쪽이나 화쪽으로 스매싱하는 것이다. "이 시스템으로만 계속해서 게임 해 봐. 본인의 시스템을 가지고 공격적으로 탁구를 치면, 실수하더라도 지는 건 상관없어. 이게 계속 쌓이다 보면 실력도 점점

살짜쿵 탁구

늘게 될 거야."

　이러한 시스템으로 한 상위 부수와 게임을 했다. 시스템으로만 게임을 하다 보니 당연히 승률이 낮다. 3세트 모두 그의 승리. 그는 "처음 3 대 0으로 이겼네요. 한 세트도 주지 않았어요."라며 입이 귀에 걸렸다. 저렇게 기뻐할 수가! '져도 상관없어요. 시스템 연습 중이에요.'라고 말하고 싶었지만, 승리의 기쁨을 누리는 그에게 찬물을 끼얹고 싶지 않았다. 그리고 진 건 진 거다. 어떠한 말을 하더라도 변명이나 핑계로 들릴 것이다. 깨끗이 승복해야 한다. 기분이 그리 좋은 건 아니지만 예전처럼 아주 나쁘지도 않았다. 승패를 떠나 실력이 늘 수 있는 과정이라는 생각을 받아들였기 때문이다. 이렇게 마음먹으니, 승부에 연연해하지 않고 조금은 마음을 내려놓을 수 있었다. 지는 것이 두려워 공격보다는 수비를 하고 어정쩡하게 공을 넘기던 습관에서 벗어나기 위한 과정이리라. 내 공격으로 미스하고 지는 건 상관없다. 미스를 두려워하지 말고 내 공격으로 점수를 내야 한다. 그것이 관장님이 항상 말씀하시는 고급스러운 탁구다.

실수하는 걸 두려워하며 살았다. 어떻게든 탁구대 안에 공을 집어넣는 것이 우선이었다. "꾸역꾸역 공이 넘어온다."라는 말을 숱하게 들었다. 하지만 거기까지가 한계였다. 명확한 공격을 위해서는 미스도, 게임에서 지는 것도 두려워하지 말아야 하는데 실상은 그렇게 하지 못했다. 하루하루가 게임이다. 어제 이겼다고 오늘 이길 거라는 생각은 오산이다. 오늘 이겼으면 내일은 질 수도 있다. 오늘 졌으면 내일은 이길 수도 있다. 마음을 단련하지 않으면 매일 게임의 승패에 좌지우지되는 삶을 살게 되리라. 그런 삶을 살게 될까 봐 게임을 좋아하지 않지만, 평생을 연습 시스템에만 갇혀 있을 수만은 없는 일. 모든 것은 마음먹기 나름이다. 게임 자체를 '시스템 훈련이다'라고 생각한다면 승패에서 좀 더 자유로워져 원하는 게임 시스템을 만들어 나갈 수 있지 않을까? 내게 거는 주문이다.

살짝쿵 탁구

커트 서비스에 대한 강박

"류선 씨는 언제 커트 서비스 넣을 거야? 본인이 커트 서비스를 넣어야 포핸드 드라이브를 하든 백 드라이브를 하든 할 것 아냐?" 가뜩이나 커트 서비스를 못 넣는다는 강박이 있는 내게 일격을 날리시는 관장님의 말은 한층 내 어깨를 움츠러들게 한다.

참 징글징글하게도 커트 서비스가 넣어지질 않는다. 관장님이 지나가는 말로 이런 말을 한 적이 있다. "평생 커트 서비스 못 넣는 사람도 있어." 커트 서비스 넣는 게 그만큼 어렵다는 이야기였는데 한동안 그 말이 머릿속을 떠나지 않고 나를 괴롭혔다. '내가 그런 사람이 되면 어떡하지?' 스스로를 의심하며 자책했다. 저주에라도 걸린 것처럼 그 말에 한참을 갇혀 있었다. 이렇듯 커트 서비스에 대한 강박이 심하다. 강박의 사전적 의미는 '어떤 생각이나 감정에 사로잡혀 심리적으로 심하게 압박을 느끼는 것'을 말한다. 커트 서비스에 대해 내가 딱 그렇다.

연습 파트너에게 수시로 커트 양을 물어본다. "커트 서비스 넣어 볼게요. 커트 양이 얼마나 되는 거 같아요?" "아주 조금이요. 10 중 2 정도?" 에고, 아직 멀었군! 커트 서비스만 냅다 연습하다 주력 서비스인 빠른 드르륵 서비스가 제대로 들어가질 않아 게임 자체가 흔들린 적도 있다. 커트 서비스는 물론 주력 서비스도 제대로 들어가지 않으니 잘 되던 공격도 안 되고 미스가 속출했다. 그러니 자신감은 사라지고 대세는 완전히 기울었다. 탁구란 것이 한쪽에만 쏠리면 바로 균형이 무너진다는 걸 뼈아프게 경험했다. 그래서 주력 서비스는 가져가면서 서서히 커트 서비스의 비중을 늘려 가기로 작전을 바꿨다.

그러던 어느 날 다른 지역의 3부 고수님이 구장에 왔다. 다른 회원들과의 게임 후 드디어 내게도 차례가 왔다. 역시 게임에서는 익숙하지 않은 커트 서비스보다 빠른 드르륵 서비스가 편했다. 어라, 그런데 그가 내 서비스를 탄다. 내 서비스를

살짜쿵 탁구

받지 못해 실점을 한다. 매일 구박만 받던 내 서비스를 타다니! 그도 당황스러워하긴 마찬가지다. 서비스 리시브 실수가 그의 공격에도 영향을 미치더니 급기야 게임의 판도를 바꾼다. 결국 3 대 0으로 이겼다. (물론 고수님이 핸디를 잡아 주고 한 경기다.) 게다가 심판을 보던 회원이 "류선 씨의 빠른 서비스를 배워야겠어."라며 내 서비스를 칭찬한다. 한 번도 들어 보지 못한 말. 그 말이 어찌나 달콤하던지 그간의 설움이 한 방에 씻겨 내리는 듯하다.

관장님께 쪼르르 달려가 이렇게 말한다. "관장님, 저 언니가 제 서비스 배우고 싶대요." '그래도 제 서비스가 아무것도 아닌 건 아니라고요.' 관장님께 인정을 갈구한다. 그러면서 우쭐해한다. "드르륵 빠른 서비스만 넣다 보니 그 부분이 특화되었나? 모서리 끝 라인에 잘 들어가긴 하지." 거만해지기 10초 전. 어깨 뽕 올라가기 5초 전. 사람 마음이 이리도 간사하다.

며칠 후, 시에서 열리는 장애인 탁구 시합에 참여하기 위해 관장님 친구인 장애인 국가대표 한 분이 구장에 왔다. 그가 게임을 하는 모습을 유심히 지켜보았다. 특히 그의 서비스를 눈여겨보았다. 감사하게도 게임을 한 번 해 주신다고 해 그의 서비스를 받는데, 공이 튕겨 나간다. 서비스 자체를 아예 받을 수 없다. 그런데 커트 서비스가 없다. only 횡회전 서비스(공에 옆회전을 준 서비스)다.

그가 구장을 떠나자, 관장님께 물었다. "횡회전 서비스만 있고 커트 서비스는 없으신 것 같던데 맞나요?" 관장님은 "맞아. 순수한 커트 서비스는 안 넣는 것 같더라고." 커트 서비스를 넣지 않고도 국가대표가 되었다고? 1부가 되었다고? '그럼 커트 서비스만이 답은 아니라는 거잖아?' 이러한 사람이 있다는 사실만으로도 숨통이 트이는 것 같았다. 커트 서비스에 강박이 있는 나로선 새로운 발견이었다. 그렇다고 커트 서비스를 연습하지 않겠다는 게 아니다. '커트 서비스라는 하나의 틀에 스스로를 가두고 종종대지 말아야지. 너무 몰아대지는 말아야지.'라는 생각을 하게 됐다는 이야기다.

그가 횡회전 서비스로 자신의 서비스와 서비스에 이은 플레이 스타일을 만들었듯 나 역시 내 서비스와 서비스에 이은 플레이를 어떻게 만들어

살짜쿵 탁구

야 할지 고민해 봐야겠다. 배우 윤여정의 말이 떠오른다. "너는 너답게, 나는 나답게 살아야 한다." 서비스를 만들어 가는 과정 자체도 나답게 살기 위한 과정이겠지?

첫 대회가 도지사기 출전

10 대 8로 앞서고 있는 상황. 그저 공이 오는 대로 움직였다. 서비스에 이어 공격해야겠다는 생각은 마음일 뿐 실행에 옮길 여유는 없었다. 아무 생각 없이 그저 상대방만 뚫어지게 쳐다보았다. 경기 내내 공을 쫓아다닌 기억밖에 없다. 어떤 때는 미스를, 어떤 때는 몸이 자동으로 반응해 제법 잘 치기도 했다. 레슨을 통해 몸에 각인되었던 것이 게임 중에 모습을 드러내 득점한 경우에는 경기 중임에도 내심 뿌듯함을 느꼈다. 공을 줍기 위해 펜스 쪽으로 가자 구장 동료가 "서비스를 길게 넣어요."라는 코칭을 한다. 주문대로 넣었는데 상대가 스매싱을 날려 버린다. 작전 실패. 10 대 8로 앞서고 있었지만, 듀스의 듀스를 거듭한 끝에 나의 패배로 끝이 난다.

경기 후 벤치를 봐준 동료에게 "왜 서비스를

살짜쿵 탁구

길게 넣으라고 했어요?"라고 물었다. "길고 빠른 서비스를 타길래 그렇게 넣으라고 했어요. 그런데 나중에는 그 서비스를 안 타더라고요." 그를 탓하려는 게 아니다. 경기의 흐름은 내가 제일 잘 아는데, 나 자신을 믿지 못하고 제삼자의 말에 기댄 나를 탓하는 거다. 시합 중 코칭을 어떻게 받아들여야 할지 사실 잘 모르겠다. 분명 내 게임인데 그의 말에 기댄 게 맞는 선택이었을까? '서비스를 상대의 백쪽 구석으로 예리하게 넣거나 화쪽으로 짧게 넣었어야 했는데'라는 후회와 아쉬움이 머릿속을 떠나지 않는다. 내 판단으로, 내 결정으로 서비스를 넣고 졌다면, 지고 나서도 다른 사람 탓을 하지 않을 텐데. 벤치를 따를 것인지 따르지 않을 것인지 결정하는 것 또한 실력이겠지?

경기를 마치고 나오자 다들 아쉬운 경기였다며 한목소리를 낸다. 한 상위 부수 회원은 "첫 대회인데 떨지도 않고 할 것 다 하던데? 다음 대회에는 더 잘할 거야."라며 위로의 말을 건넨다. 첫 대회인데 긴장하지 않고 나름 선전했다고 생각했는데 내 마음을 대변하기라도 한 듯 말해 주니 마음이 따뜻해졌다. 탁구 선수들은 '졌잘싸(졌지만 잘 싸웠다)'라는 말을 제일 싫어한다는데, 난 "졌지만 잘 싸웠다."라는 말로 내 생애 첫 대회를 퉁치려 한다. 그래야 한 번 더 힘을 내 보지 않겠는가? 처음 보는 낯선 사람과 승부를 내는 경험은 신선했다. 모르는 사람과의 경기라 부담 없이 게임할 수 있어 마음이 가벼웠다. 사실 알지 못하는 사람과의 경기가 편해 먼 길을 달려왔다고 해도 과언이 아니다.

사실 탁구장에서 게임을 하지 않는 이유는 매일 보는 사람과 승부를 내야 하는 데서 오는 감정적인 불편함 때문이다. 이겨도 불편, 져도 불편. 경기 후 이러쿵저러쿵 오가는 말들로 인한 감정 소모도 질색이다. 하지만 게임을 피하는 결정적인 이유가 있었으니, 그것은 바로 내 안에 숨겨져 있는 승부욕이 만만치 않다는 걸 알면서부터이다. 가끔 하는 게임을 통해 지면 못 참는 성격이라는 걸 알았다. 게임을 하지 않는 지금도 탁구에 미쳐 있는데 게임을 하기라도 하는 날이면 탁구에 완전히 미쳐 버릴까 겁났다. 그래서 연습이라는 가면 뒤에 숨었다. 게임으로는 운동량을 채우지 못한다는 둥, 마음이 평온해야 글을 쓸 수 있는

살짜쿵 탁구

데 게임을 하게 되면 탁구 생각 때문에 글 쓰는 데 방해가 된다는 둥 핑계를 대며 게임을 외면해 왔다. 머릿속이 탁구 생각으로 가득 찰까 봐 피하고 또 피했다. 버티고 또 버텼다. 그러나 승부의 세계에서 승부를 내지 않으려 한다는 것이 비겁하다는 걸 누구보다 잘 알고 있었다.

그러던 어느 날 전국 오픈 탁구대회에 자주 출전하는 한 회원이 도지사기 대회에 참가한다는 말을 들었다. 그 자리에서 나도 모르게 그만 "저도 한번 나가 봐야겠어요."라고 말해 버렸다. 지극히 충동적이었다. 갑자기 왜 그런 말을 했을까? 더 이상 승부의 세계를 피할 수만은 없다는 자각이 그런 말을 뱉어 버리게 한 걸까? 내 탁구의 문제점이 무엇인지, 내 탁구 기술이 어느 정도인지 확인해 보고 싶기도 했다. 연습하는 걸 좋아하지만 막연하게만 반복되는 연습루틴에 새로운 돌파구도 필요했다. 드디어 때가 왔다고 직감적으로 느낀 것 같다. 솔직히 말하자면 게임을 시작할 대의명분도 필요했다. 연습하는 루틴에 심하게 젖어 있기에 바로 '게임을 해야지' 마음먹는다고 해서 호락호락 게임을 할 위인이 아님을 안다. 단단하게 나를 감싸고 있는 연습이라는 알을 깨고 나올 계기로 탁구장 경기가 아닌, 지역 탁구대회가 아닌, 더 큰 놈이 필요했다. 도지사기 대회라면 이러한 나의 필요를 만족시키기에 충분했다. 이렇게 해서 도지사기 대회는 나라는 인간의 알 깨기 프로젝트의 일환이 되었다. 남들은 수도 없이 나가는 대회 한 번 나가면서 포부 한 번 거창하다.

　연습에 들어갔다. 대회를 3주 앞두고 급작스럽게 결정된 터라 연습할 수 있는 시간은 짧았다. 무엇부터 해야 할지 우선 정리가 필요했다. 레슨은 기존 방식대로 받으면 될 거고, 문제는 게임이었다. 안 하던 게임을 해야 한다니 부담스러워 3구 연습을 주로 했다. 이 산을 넘어야 하는데, 내 한계를 깨야 하는데 마음먹어도 게임으로 이어지지 못했다. 습관이 이렇게 무섭다. 게임을 안 하려야 안 할 수 없는 상황을 만들었음에도 3구 연습을 하는 관성을 깨기란 역부족이었다. 마음먹었다고 해서 삶이 금세 바뀌는 기적 따윈 일어나지 않았다. 연습 시스템이라는 철옹성을 만들어 놓고 스스로를 가두고 살았으니 이 문을 박차고 나가기엔 어쩌면 시간이 더 필요할지 모른다. 3구

　　　　　　　　　　　　　살짜쿵 탁구

연습을 하기에도 시간은 부족했다. 당연히 서비스 연습은 뒷전으로 밀렸다. 시합 전 한 달 동안 서비스 연습만 했다는 관장님의 조언대로 서비스 연습에 매진하고 싶었다. 하지만 레슨과 3구 연습에 계속 밀리다 보니 매일 한 박스씩 서비스 연습을 하겠다는 계획은 수포로 돌아갔다.

대회에 나간다면 어떤 방식으로 준비하겠다는 나름의 야심 찬 계획이 있었다. 매일 볼 박스 한 박스씩 서비스 연습하기, 레슨으로 부족한 점 보완하기, 구장 사람들과의 게임 수 늘리기 등등. 대회 전 이러한 계획을 얼마나 실행했을까? 부족한 점을 레슨으로 보완한 것 빼고는 서비스 연습도, 하루에 몇 게임씩 하겠다는 다짐도 제대로 지키지 못했다. 서비스 연습 부족은 어떤 변명도 통하지 않는다. 어떻게 열 박스의 서비스 연습도 없이 대회에 나갈 수 있는지. 아무리 첫 대회고 경험을 쌓고 온다는 데 의의를 둔다지만 대회에 임하는 자세부터가 틀려먹었다.

안일한 마음으로 대회에 임했던 또 한 가지의 이유는 다른 데 있었다. 내가 참가하는 8부는 말이 8부지 5부부터 8부까지 신청할 수 있었다. 순

수 8부인 내 경우 '이기면 금상첨화겠지만 져도 본전'이라는 생각이 오히려 반드시 이겨야 한다는 절박함을 사라지게 했다. 진다고 해도 "다들 고수잖아요."라는 말로 핑계를 댈 수 있었다. 여자인 내가 끼어 있는 단체전 역시 이기면 좋겠지만 져도 이상할 것 없는 상황이었다. 팀 동료들은 남자 5부고 단지 단체전 멤버가 필요해 그들 사이에 내가 낀 것이었다. 그들은 내가 진다는 가정 아래 자신들이 반드시 이겨야 한다는 절박함이 있었다. 나는 져도 "다들 나보다 고수다."라는 공식적인 변명이 존재했기에, 그 핑계에 내 마음 전부를 기댔다. '지는 게 당연한 게임이다.'라고 스스로에게 주문을 걸고 세뇌시킨 거나 마찬가지였다. 그러면서도 마음 한편으로는 상위 부수를 이길지도 모른다는 기적을 꿈꿨다. 게임에 임하는 태도부터가 이 모양인데 기적이 찾아올 리 만무했다.

게임을 시작하기도 전에 이미 난 패자였다. 동료들이 내게 기대하지 않았다고 한들 그건 그들의 생각이고 나는 나대로 최선을 다했어야 했다. 져도 된다는 안일한 마음 뒤에 숨지 말았어야 했다. 져도 되는 경기가 어디 있단 말인가? 반드시

살짜쿵 탁구

이기겠다는 마음으로 경기에 임했다면 똑같이 게임에서 졌다 하더라도 아마 패배의 색깔은 달라졌을 것이다. 시합장으로 가는 차 안에서 포부를 묻는 팀원에게 "1승이 목표예요."라고 답했다. 안일한 마음으로 대회에 나가는 내 무의식은 이렇듯 나의 말에 배어 있었다. 그러자 대회 경험이 많은 한 팀원이 "다 이기겠다고 마음먹어도 1승이 어려워요. 마음을 달리 먹어야 할걸요?"라며 일침을 가했다. 그때는 그가 무슨 말을 하는지 이해하지 못했다. 대회가 끝난 다음에야 마음가짐이 얼마나 중요한지 알았다. 첫 대회든, 상위 부수가 내 상대든 승부욕을 불살라야 했다. 그저 편안하게 질 핑계를 만들어 놓고 거기에 기대서는 안 되는 거였다. '대회에 나가 객관적으로 너를 보고 싶다며?' 실력을 정면으로 마주하기 겁나고 패배를 받아들이기 힘들어 이 핑계, 저 핑계 대 가며 벽을 치고 있었다.

우여곡절 끝에 도지사기 대회는 끝이 났다. 대회 준비 과정, 대회에 임하는 자세, 게임 운용 능력 등 수많은 생각들이 휘몰아친다. 대회에 다녀오고 나서의 가장 큰 수확은 '탁구장 게임은 이제 아무것도 아니다.'라는 생각을 하게 된 거다. 대회에 나가 만난 낯선 전형에 비하면 '구장 사람들의 구질은 이미 익숙해져 이기고 지는 것에 큰 의미가 없다'라는 걸 몸소 체험했다. 상위 부수들이 수없이 이야기했지만 내가 경험하지 않았기에 받아들이지 않았다. 하지만 연습을 좋아하고 연습에 젖어 있는 나라는 인간은 쉽게 바뀌지 않음을 알기에 다시 한번 이순신 장군배 전국 오픈 탁구대회에 나가기로 마음먹었다. 이번 대회는 연습이라는 알 표면에 스크래치를 조금 냈을 뿐이다. 이순신 장군배를 통해 조금 더 깨졌으면 좋겠다. 수천 번 깨져야 삶이 바뀌듯 두 번째 대회를 통해 누구와의 게임도 두려워하지 않는, 승패를 두려워하지 않는 나로 조금씩 변했으면 한다. 도전은 계속된다.

수비형 탁구냐, 공격형 탁구냐

"어떻게 해서든 공이 넘어온다니까."

백쪽 깊숙이 드라이브를 걸었는데 내가 그 공을 상대의 화쪽으로 빠르게 빼는 바람에 실점한 고수님이 맥이 빠져 하는 말이다. 다른 회원들에게도 "수비가 좋으시네요. 공이 계속 넘어와요."라는 말을 종종 듣는다. '이건 못 막겠지? 이건 결정구야.'라는 눈빛으로 드라이브를 걸었는데 별 어려움 없이 받거나 그것도 모자라 드라이브를 맞받아치는 역공이라도 하면 상대는 당혹스러워하며 '얘는 뭐지?'라는 눈빛으로 황당해한다. 멘탈이 흔들리는 게 보인다.

그렇다. 재수 없게 들리겠지만 부수에 비해 수비가 좋은 편이다. 하지만 선천적으로 타고나서 수비가 좋은 게 아니라 나름의 이유가 있다. 일주일에 두 번, 7분씩 레슨 받는 집 앞 여성 센터에서 탁구를 시작했다. 말 그대로 나라에서 지원하는 생활체육 시스템이다. 짧은 레슨 시간과 주 2회라는 한정된 횟수 때문인지 함께 시작했던 언니들이 사설 탁구장으로 옮기면서 나도 그녀들의 뒤를 따르게 되었다. 그곳엔 이미 1년 전부터 그곳에 둥지를 틀고 있던 언니들과 또래 몇 명이 있었다.

함께 탁구를 배우고 6개월이 지났을 무렵, 그녀들 중 세 명이 새로운 코치에게 배우겠다며 탁구장을 떠났다. 그중 친하게 지내던 언니가 함께 가자고 제안해 얼떨결에 따라나섰다. 구력으로 치면 넷 중 막내로 1년 차이가 난다. 탁구를 처음 배우는 시기였기에 당시엔 1년 차이도 엄청난 차이로 느껴졌다. 어찌 되었든 나보다 1년 구력이 많은 선배들에게 최대한 피해를 주고 싶지 않았다. 새 코치님은 기본기를 중시해 연습 시스템을 알려 주고 둘씩 짝을 지어 연습하게 하고 파트너를 바꾸어 연습하게도 했다.

사람은 자연스럽게 서열 정리를 하고 그에 맞는 행동을 하는 걸까? 아니면 본능적으로 자기 자리를 찾아가는 것일까? 기본기 연습인 화백 연결 연습을 할 경우 한 사람은 계속해서 쇼트로 대 줘

살짜쿵 탁구

야 한다. 내 연습을 하는 것보다 쇼트로 대 주는 게 마음 편했다. 누가 그렇게 하라고 한 것도 아닌데 그래야만 할 것 같았다. 공격보다 수비가 편했다. 스매싱하는 것보다 스매싱을 받는 게 편했고, 공격하라고 하고 쇼트를 대 주는 게 편했다. "다 받는다니까. 어떻게 해서든 넘어온다니까." 그녀들이 붙여 준 별명은 '다 넘어와'였다. 다른 사람들에게도 "부수에 비해 수비가 참 좋아요."라는 말을 많이도 들었다. 칭찬은 고래도 춤추게 하는 법. 그렇게 1년 반을 그녀들과 연습하면서 수비 실력은 그야말로 일취월장했다.

내 마음 편하자고 한 행동이 오히려 수비 실력을 키우다니! 세상사 다 나쁜 것도 없고 다 좋은 것도 없다더니 그 말이 맞는 듯하다. 세계적인 탁구 선수 마룽도 어느 시절엔 포핸드 드라이브를 미친 듯이 하고 어느 시절엔 백 드라이브를 미친 듯이 했다고 하던데, 이 시절의 나는 쇼트를 미친 듯이 대 주었다. 부수에 비해 수비가 뛰어난 자는 그렇게 만들어졌다.

1년 반을 그녀들과 보내고 각자의 이유로 흩어진 후, 나는 원래의 탁구장으로 컴백했다. 수비에 진력이 났는지 아니면 수비만 하는 탁구가 징글징글했는지 예전에는 들리지도 않았던 관장님의 말이 들리기 시작했다. "류선 씨, 언제까지 수비만 해서 점수 딸 거야? 공격해서 점수를 따야 실력이 늘지." 이때부터였나 보다. 사람이 살면서 평생 해야 할 지랄의 총량이 정해져 있다는 '지랄 총량의 법칙'이 있듯, 공격의 총량을 채워 보겠다는 욕망이 활활 타오른 것이. 공격형으로 바뀌고 싶었다. 수비도 좋지만, 상대의 실수에 기대거나 상대의 컨디션 난조로 게임에서 이기기라도 하면 실력이 아닌 운에 의해 이긴 것 같아 찜찜했다. 수동적으로 탁구를 치는 것 같았다. 수비를 엄청나게 잘해 상대가 못 치고 실수하는 것에 희열을 느끼는 기질이라면 성향에 맞을 텐데 또 그런 기질은 아니었나 보다. 나도 몰랐던 내 안에 숨겨져 있던 공격 본능이 꿈틀대기 시작했다.

돌아서 상대의 백쪽과 화쪽으로 스매싱하는 연습과 레슨을 병행하면서 닥치고 공격 스타일, 즉 닥공 스타일이 되었다. 마치 1년 반 동안 수비만 한 게 억울했는지 아니면 원래 기질이 공격 스타일이었는지 헷갈릴 정도로 기회만 있으면 스매싱을 날렸다. 불나방이 되었다. 스매싱으로 공격해 한 점이라도 따면 그게 뭐라고 기분이 좋았다. 가슴이 콩닥콩닥 뛰었다. 뭔가 자기 주도적이고 능동적인 느낌에 해방감까지 들었다. '그래. 나는 원래 공격수였다고.' 스스로를 공격수라 부르며 좋아했다. 공격하는 게 이렇게 재미있을 줄 몰랐다.

그러나 다 가질 수는 없는 법. 선택에는 대가가 따른다. 무조건 공격으로만 점수를 내려고 하니 미스가 많아졌다. 줄곧 스매싱만 하니 체력 소모도 커 쉽게 지쳤다. 공격하면서 수비도 하면 좋으련만 냅다 공격만 하다 보니 수비하는 법이 퇴화했다. 수비해야 하는 순간에도 공격하려고 쳐버리는 불상사가 일어났다. 하지만 실수가 많아도 지금의 내가 마음에 든다. 하고 싶은 탁구를 하니까. 원하는 스타일의 탁구를 하니까. 실수는 앞으로 줄여 나가면 된다.

이렇게 변해 버린 내게 한 고수님이 이런 말을 건넸다. "사실 나는 류선 씨의 예전 탁구 스타일이 더 좋아요. 그 부수에서는 보기 힘든 수비력을 가지고 있었거든요. 그 수비력을 발전시켰으

면 지금보다 훨씬 더 실력이 올라갔을 텐데 내가
다 아쉽네요." 내가 그렇게 수비가 좋았던가? '실
력이 더 나아질 수 있었다고? 수비 전형으로 다시
바꿔 볼까?' 잠시 귀가 팔랑거렸다. 공격이 막히
고 그나마 수비로 점수를 한 점 얻게 되는 날이면
'잘하던 수비 전형을 더 발전시켜야 했나?' 후회
도 많이 했다. 그러나 결국 좋아하는 걸 하기로 했
다. 내가 잘하는 탁구보다 내가 하고 싶은 탁구를
하기로 했다.

　존 스튜어트 밀의 『자유론』에 나오는 이 문장
을 응원가 삼아서 말이다. "모든 인간의 삶이 어
떤 특정인 또는 소수 사람의 생각에 맞춰져 정형
화되어야 할 필요는 없다. 누구든지 웬만한 정도
의 상식과 경험만 있다면, 자신의 삶을 자기 방식
대로 살아가는 것이 바람직하다. 그 방식 자체가
최선이기 때문이 아니다. 그보다는 자기 방식대
로 사는 길이기 때문에 바람직하다는 것이다."

살짜쿵 탁구

내가 생각하는 나와
동영상 속의 나

"어제 찍은 동영상 보셨어요?" 파트너와 연습하는 모습을 동영상으로 촬영했던 내게 한 회원이 묻는다. "바빠서 아직 못 봤어요." 진짜 바빴나? 바쁘다는 건 솔직히 핑계고, 보고 싶지 않았다. 단점이 고스란히 담겨 있을 영상 보는 걸 최대한 미루기 위한 술책이다. 스스로를 속이고 있다. 나름 잘 치고 있다고, 잘 연습해 오고 있다고 생각한 게 착각이었다는 걸 인정할 시간이 필요하다. 내 모습을 정면으로 바라볼 용기가 필요했는지도 모른다. 영상 속 나와 현실 속의 내가 얼마나 다를지 마주하는 게 무서웠다. 다르다는 걸 이미 알고 있기에 더 주저했다. 그렇게 문제의 동영상은 내 핸드폰 속에, 찜찜한 내 마음속에 한참이나 밀봉되어 있어야 했다.

평창 아시아 탁구 선수권 대회 국가대표 선발

전을 보러 갔을 때 게임 전 선수들이 연습하는 모습을 볼 수 있었다. 3시에 경기가 시작되었는데 선수들은 2시부터 몸을 풀고 때로는 코치와, 때로는 같은 팀 동료와 시스템 연습을 했다. 어디에서도 볼 수 없었던 프로선수들의 연습 장면이라 동영상을 촬영하느라 바쁘게 손을 움직였다. 여자 선수들이 연습하는 시스템을 보며 '파트너와 한번 시도해 봐야지'라는 의욕이 마구마구 샘솟았다. 신유빈 선수의 코치는 신유빈 선수에게 서비스를 하나 넣게 한 후 불규칙으로 공을 주면서 실전 게임에 대비하도록 했다. '저 방법도 한번 해볼까?' 의욕이 넘치다 못해 활활 타올랐다. 그렇게 벤치마킹을 위한 동영상들이 핸드폰에 수북이 쌓여 갔다. 고급미가 철철 넘치고 세련미가 묻어나는 영상들을 촬영한 후 며칠 뒤 내가 연습하는 동영상을 찍었다. 그러니 내 동영상을 열어 볼 자신이 있겠는가? 괜히 눈만 높아져서는.

한참을 미적거리다 '이 정도 시간이면 받아들일 준비가 되지 않았을까?'라며 판도라의 상자를 열었다. 과연 슬픈 예감은 틀리지 않는 법. 장점이라곤 매일 정해진 시간에 시스템 연습을 한다는 것뿐 단점은 차고 넘쳤다. 돌아서 스매싱할 때는 왜 팔을 올리지 않고 스윙하는지, 푸시할 때는 왜 마지막 순간에 라켓을 잡아 주지 않는지, 파트너 차례에 왜 대 주지 않고 치는지 등등.

머리가 아파 왔다. 매일 열심히 연습하고 있다고 자부하고 있었는데 영상 속 나는 내가 생각했던 나와는 확연히 달랐다. 헛바퀴를 돌리고 있으면서 마치 잘 가고 있는 것처럼 착각한 나 자신이 고스란히 보였다. 원래 좋은 영화는 불편하다는데 이건 불편함을 넘어 착잡했다. 이럴 줄 알고 그리도 보기 싫었나 보다. "저처럼 동영상 한번 찍어 보세요." 권하는 내게 "싫어. 다 알고 있는데 뭐."라며 극구 사양하던 연습 파트너는 이미 이런 기분이 들 거라는 걸 알고 있었나 보다. 그도 나처럼 현실을 마주할 용기가 없었을 수도. 아니 현실을 마주하기 싫었던 것일 수도.

어떤 사람은 이렇게 말할지도 모른다. "영상 보고 고치면 되잖아. 뭐가 문제야?" 그렇다. 고치면 된다. 이성적으로는 그렇지만 감정적으로는 그렇게 단순하지가 않다. 마치 내 탁구가 단점만 가득하다는 생각에서부터 시작했다간 주눅이 들

어 의욕이 사라지는 부작용이 생길 수 있다. 결정
적으로 탁구를 치는 재미가 사라질 수도 있다. 단
점만을 고치기 위한 탁구를 누가 치고 싶겠는가?
동영상을 어떤 방식으로 받아들일지가 중요하다.
인생은 항상 뭔가를 보여 주고 '그럼 너는 이런 경
우 어떻게 받아들일 거니?'라며 선택을 요구한다.
이때에도 당연히 받아들일 시간이 필요하다.

인간이라는 게 정말 간사하다. 단점이 흘러
넘치는 영상에 한참 풀이 죽어 있다가 '그럼에도
탁구를 쳐야지.'라는 생각에 장점을 찾아내려 눈
을 부릅뜬다. 드디어 어렵게 하나 찾아냈다. 돌아
서 스매싱하는데 파트너가 원래 주어야 하는 백
쪽 자리가 아닌 화쪽에 공을 주어도 잘 쫓아가서
친다. 일명 다리가 된다는 말. 진짜 다리가 된다는
말은 아니지만 장점을 부각해야 '오늘도 잘 살고
있다.'라는 나름의 자부심을 가질 테니 좀 더 과장
해 본다. '다리 하나는 정말 잘 움직이네.' 스스로
를 세뇌시킨다.

내가 단점을 하나하나 격파해 나갈 수 있는
불굴의 의지가 있는 인간도 아니고, 다른 사람의
비난 하나 칭찬 하나에 이리 팔랑 저리 팔랑이는

살짜쿵 탁구

심약한 인간이니 어쩔 수 없다. 다리 하나 잘 움직이는 걸로 나머지 단점들을 끌어안겠다고 마음먹었다. 장점 하나로 단점 열 개를 가려 보리라. 그래야 오늘도 정해진 시간에 열심히 탁구를 칠 수 있을 테니까. 잘 치고 있다고, 잘 살고 있다고 나름대로 생각하며 살 수 있으니까. 그러한 기만이 나를 속이는 일일지라도 나부터 살고 볼 일이다.

그럼, 단점들은 어떡할 거냐고? 바꾸지 않겠다는 게 아니다. 한 번에 다 바꿀 순 없다. 서서히 바꿀 것이다. 보고 싶지 않은 걸 마주 본 것만으로도 충분하다. 그거면 됐다. 가끔은 기만도 하며 사는 인생이 정신건강에 이롭지 않을까? 비겁한 생각이지만 어쩔 수 없다. 단점 속에 파묻혀 우울한 나날들을 보내고 싶지 않다. 어쨌든 살아야지. 다시 탁구라켓을 들고 잘 치고 있다는 자부심 속에 살아야지.

그런데 만약 내 삶 전체를 동영상으로 찍는다면 이러한 과정을 되풀이하려나?

3장

복식:
주변 사람을 알아 가는 중입니다

미쳐야 하는 시절은
꼭 필요한가

존경하는 스승님은 말씀하셨다.

"꾸준히는 한계가 있다. 미친 듯이 몰입하는 시기가 필요하다. 매일 미치라는 건 아니고 한 시절은 반드시 미쳐야 한다."

40년 구력의 관장님은 초등학교 6학년 때 친척이 하는 탁구장을 다니기 시작해, 중학교 3학년 때 최상위 부수인 1부가 되었다. 3년 내내 학교가 끝나면 탁구장으로 달려가 그 당시 흔치 않았던 탁구 선수 출신 형들과 탁구를 치고 자정이 되어서야 탁구장을 나왔다고 한다. 그중 한 명은 펜 홀더 전형이었는데, 어린 소년의 눈에는 그의 탁구 치는 모습이 아름다워 보였단다. 탁구 치는 모습이 아름다웠다고? 50대 후반인 관장님 입에서 아름다움이라는 말이 나옴과 동시에 그는 바로 초등학교 6학년생이 된다. 한 소년이 형의 탁구 치는 모습을 넋 놓고 바라보고 있는 장면이 자연스럽게 떠오른다. 또래와 노는 게 한창 재미있었을 때인데 매일 탁구장으로 달려갔던 3년이 관장님에게는 탁구에 미쳐 있었던 한 시절이었다고 한다.

16년 구력의 3부 회원은 41세에 동사무소에서 운영하는 탁구장에서 운동을 시작했다고 한다. 그는 거의 7년을 회사가 끝나자마자 탁구장으로 달려가 탁구장이 문을 닫는 10시까지 탁구를 쳤다고 한다. 그는 탁구 치는 게 너무 좋아 쉬는 시간 없이 연습하거나 게임을 했으며 자려고 누우면 천장이 탁구대로 보이기까지 했다고 한다. 그렇게 저녁 시간을 모조리 탁구에 쏟아붓자, 자연스럽게 3부가 되었다고 한다. 그에게는 7년이라는 시간이 탁구에 가장 미쳐 있었던 한 시절이었다고 한다.

10년 구력의 5부 회원은 취업 전 6개월의 시간적 여유가 있었는데, 그때가 탁구에 가장 미쳐 있었던 시절이었다고 한다. 그야말로 탁구로 시작해서 탁구로 끝나는 나날들이었다고. 아침 먹고 탁구 치고, 점심 먹고 탁구 치고, 저녁 먹고 탁

살짜쿵 탁구

구 치고. 당연히 탁구장 문 닫기는 그의 몫이었다고 한다. "그때가 가장 행복했었다."라고 말하는 그의 얼굴엔 미친 한 시절을 보낸 자만이 가질 수 있는 뿌듯함과 흐뭇함이 깃들어 있다. 이렇듯 미친 시절을 밟고 건너야만 하는 기간이 누구에게나 존재하나 보다.

그럼, 내게 있어 탁구에 미쳐 있는 한 시절은 언제일까? 탁구장에는 보통 오후 8시에서 10시 사이에 머물지만, 마음은 그 전부터 탁구장에 가 있다. 틈만 나면 유튜브 영상을 보며 어떻게 하면 탁구를 잘 칠 수 있을까 정보를 찾아 헤맨다. 책을 읽다가도 갑자기 탁구 생각이 나면 잊어버릴세라 바로 메모하고, 잠들기 전에는 오늘 했던 연습과 부족했던 부분을 복기하며 내일 해야 할 연습을 계획한다. 그렇게 우려했건만 모든 일상이 탁구를 기준으로 흘러간다. 마치 탁구와 연애하고 있는 것 같다. 연애하는 감정은 궁금해하는 감정이라는데 탁구란 요놈이 더 많이 알고 싶어 죽겠다. 살면서 이런 경험을 해 본 적이 없기에 이런 내가 낯설고 당혹스럽다. 공의 움직임에 저절로 반응하는 반사 신경에 '나한테도 이런 신경이 있었다고?' 화들짝 놀란다. 평상시 타인처럼 멀게만 느껴지던 몸이 비로소 보이기 시작한다. '네 몸 안에 이런 것도 있는데, 너는 반평생을 모르고 살아왔지?' 몸이 물어 오는 것 같다. 내 안에 있는 또 다른 나를 꺼내고 있는 듯한 느낌이다. '내 안에 뭐가 더 있을까?' 더 꺼내 보고 싶고, 더 알고 싶다.

그럼 내게는 지금이 그들이 겪었던 '미친 한 시절'인가? 그럼 이 미친 시절을 어떻게 통과해야 하지? 이러한 시기임을 인정함에도 탁구가 일상을 과도하게 잠식하는 게 두렵다. 지금 난 작가를 꿈꾸며 하루 루틴이 이 목표에 맞추어져 있다. 3년 동안 글쓰기로 미친 시절을 보내자고 마음먹었다. '글'이라는 굴을 깊이깊이 파 보리라 결심했다. 나 자신과 약속한 글의 양과 필사의 양, 한 달에 네 번 있는 독서 토론 모임을 위한 책 읽기, 글쓰기 방법론 공부 등 매일 해야 할 일이 산더미다. 이러한 일들 사이사이 탁구란 놈이 자꾸 끼어든다. 글을 쓰다가도, 책을 읽다가도 '게임 중에 이렇게 해야 했는데, 저렇게 해야 했는데.'라는 생각이 머릿속을 떠나지 않는다. 글쓰기에 미치고 싶은데 탁구가 그 자리를 비집고 들어오니 주객이

살짜쿵 탁구

전도된 듯하다. 탁구에 대해 생각하는 게, 마치 사랑해선 안 될 사람을 사랑하는 것처럼 죄책감마저 든다. 이성은 글쓰기를 외치고 있고, 몸과 마음은 탁구로 향해 있으니 환장할 노릇이다. 글쓰기는 8, 탁구는 2의 비율로 균형 맞추기를 열망하는 내게 이 상황은 적색경보다. '탁구, 너 좀 저리로 가서 2의 비율로 가만히 있으라고.'

그러나 이와는 반대로 '이렇게 온종일 오매불망 탁구를 생각하는 미친 시절이 내 인생에 다시 찾아올까?'라는 의문도 든다. 그럴 수도, 그렇지 않을 수도 있겠지. 이렇게 연애하는 듯한 감정이 쉽게 오지 않는다는 건 누가 말해 주지 않아도 이 나이쯤 되면 직감적으로 알 수 있다. 아버지를 아버지라고 부르지 못하는 홍길동이 따로 없다. 왜 탁구에 미쳐 있다고 말을 못 해? 지금이 나의 미친 한 시절이라고 인정하라고! 심리적인 벽이 이렇게 높을 줄이야! 일상이 탁구로 잠식당하면 좀 어때? 글쓰기가 조금 뒤로 밀리면 좀 어때? "매일 미치라는 건 아니고 한 시절은 반드시 미쳐야 한다."라는 스승님의 말씀처럼 탁구에 미친 듯한 한 시절을 보내고 싶지만, 글쓰기에도 미치고 싶은 게 문제다. "세상의 갈등 중 많은 경우는 선의와 선의의 부딪힘"(문유석의 『최소한의 선의』)이라더니 탁구와 글쓰기 둘 다 서로 미친 시절을 보내겠다고 난리다. 나보고 어쩌라고?

중심을 못 잡고 한참을 휘청거렸다. 그러다 나만의 방법을 찾았다. 차라리 탁구 이야기를 쓰면서 탁구에 미친 한 시절을 보내자고. 꿩도 먹고 알도 먹고. 그런데 꿩도 못 먹고 알도 못 먹으면 어떡하지? 그럼에도 양손에 떡 두 개를 움켜쥔 채 둘 다 놓치지 않기 위해 고군분투하고 있다. 나란 인간, 참으로 모순되고 모순되다. 이렇게 힘들어하는 나를 보면 한 가지에 완전히 미치는 것도 능력인가 보다. 나의 미친 시절은 이렇듯 내 방식대로 흘러간다. 어제는 탁구가 8이었다가, 오늘은 글쓰기가 8이었다가. 내일은 어떤 비율일지?

살짜쿵 탁구

탁구 매너에 대하여

"피곤해서 더 이상 못 하겠어. 그만하자." 한 회원이 이전 게임에서 이긴 후, 다시 경기를 시작해 2 대 2인 상황에서 하는 말이다. 상대는 "경기 도중 그만두는 게 어딨어요?" 어이없어하고, 그녀는 "힘들어서 그래. 오늘 너무 많이 쳤어."라며 태연히 짐을 싸 탁구장을 빠져나간다. 어떻게 된 일이냐고 묻자, 그는 "기권승이죠."라고 말하는데 표정은 씁쓸함이 가득하다.

연습을 좋아해 평일에는 게임을 하지 않는다며 게임을 피해 왔다. 아예 안 하는 건 아니고 주말에는 간간이 게임을 해 왔다. 하지만 내 욕심만 차리는 것 같아 다음 달부터는 게임을 하기로 했다. 게임을 하면서 부딪히는 여러 상황에서 현명하게 대처하고 싶어 회원들에게 게임 매너에 관해 물어보았다. 나도 모르게 하는 행동이 상대의 감정을 상하게 할 수 있기에 이참에 정리해 보고 싶었다. 이러한 것들을 알아야 무의식중에라도 나올 수 있는 매너 없는 행동들을 하지 않으려고 노력할 수 있기 때문이다. 애초부터 습관을 잘 들여야 한다. 몸이라는 건 생각 이전에 습관으로 움직인다.

첫 번째는 네트나 에지(탁구대 모서리) 때, "죄송합니다."라고 인사 안 하는 경우를 꼽았다. 대부분의 회원이 이 말을 하지 않는 회원을 가장 기분 나빠했다. 실력보다는 운인 네트나 에지에 대한 태도가 그 사람의 인격을 보여 준다고 한다. 나 역시 이런 실수를 한 적이 있다. 한 상위 부수 회원과의 게임에서 네트나 에지가 나왔을 때 말로는 "죄송합니다." 꾸벅 인사했지만, 얼굴은 전혀 죄송하지 않은 함박웃음을 지은 적이 있다. 당시에는 한 점 땄다는 생각 외에는 아무 생각이 들지 않았다. 생각해 보니 얼굴이 화끈거린다.

두 번째는 이겼을 때 바로 내빼기다. 이긴 사람이 진 사람의 의견을 묻지도 않고 이기면 바로 내빼는 경우다. 이런 경우 승자가 패자에게 한 번 더 게임을 할 건지 물어보는 게 예의란다. 한 상위 부수 회원은 "특히 하위 부수 회원들이 상위 부수를 이겼을 때 이런 일이 많이 벌어진다. 이때 기분이 상당히 좋지 않다."라고 성토한다. 실제 자주 게임을 하는 하위 부수가 있는데 그가 이런 행동을 한다는 것이다. "자기가 이기면 얼른 휴식 테이블로 내뺀다니까. 어이가 없어."

세 번째는 경기에서 이겼을 때, 상대의 심기를 건드리는 경우다. 예를 들어 승자가 패자에게 "서비스는 이게 문제고 리시브는 이게 문제예요."라고 가르치기 시작하면, 진 것도 기분 나쁜데 패자의 기분을 더 나쁘게 만드는 최악의 태도라는 것이다. 이겼다고 그 사람의 탁구를 평가할 자격이라도 얻은 양 마구 쏟아 내는 말들은 오히려 감정을 상하게 한단다. "제가 오늘 컨디션이 더 좋았나 보네요."라든지 "잘 배웠습니다."라고 말하는 선에서 끝내야 하는데, 승부에서 이겼다는 우월감을 뽐내고 싶어 이런 행동을 한다는 것이다. 승리에 도취하여 원하지도 않는 걸 가르치려는 회원은 딱 질색이란다.

네 번째는 경기에서 진 후 패배를 승복하지 않는 태도다. 예를 들면 '컨디션이 안 좋아서, 배가 고파서, 서비스만 아니면 이길 수 있었는데' 등의 핑계를 대는 태도. 승부에서 졌으면 깨끗이 패배를 인정해야 하는데 구차한 변명으로 일관하는 태도는 승자를 무시하는 처사란다. 이러한 이유만 없었다면 매번 패자가 승자를 이긴다는 논리라 더 기분 나쁘다고 한다. 어느 고수는 "컨디션 관리도 실력이다."라고 말한 적이 있다. 그 말이 정답 아닐까? 진다는 건 실력이 부족해서다. 실력 부족 말고 다른 변명은 그저 핑계일 뿐이다.

나 역시 이런 경험이 있다. 한 회원과의 게임에서 졌는데 포핸드 쪽으로 오는 짧은 서비스를 전부 포핸드 플릭으로 넘기려고 한 게 패배의 원인이었다. 포핸드 플릭 하는 데 한참 꽂혀 있을 때라 계속 시도하다 망했다. 5세트에서 커트로 넘기려고 했지만 때는 이미 늦었다. "포핸드 쪽으로 오는 짧은 서비스만 잘 받았으면 이길 수 있었는데."라는 말이 딱 맞는 경기였다. 다행히 그 말을 입 밖으로 꺼내지 않았다. 하지만 상대가 "서비스 때문에 이겼네."라는 말을 대신했다. 나는 "아닙니다. 이게 제 실력이죠."라는 답을 했고 게임은 훈훈하게 마무리되었다. 만약 내가 "서비스만 잘 받았어도."라는 말을 했다면 분위기는 달라졌을 것이다. 상대에게는 "내가 서비스만 잘 받았어도 너를 이겼어."라고 말한 거나 다름없이 느껴졌을 테니 말이다.

마지막으로, 상위 부수와 하위 부수 간의 게임에서 하위 부수 회원이 이겼을 경우, 어떤 말을 해야 하는지 물었다. 탁구에는 상위 부수가 부수에 따른 핸디를 하위 부수에게 잡아 주고 게임을 하는 핸디 제도가 있다. 한 탁구 유튜버는 "요즘 핸디를 받는 하위 부수가 이길 경우, 오히려 하위 부수의 어깨가 올라가고, 누구를 이겼다고 자랑하는 등 기이한 현상이 벌어집니다. 맞잡고 대등하게 친 것도 아닌데 말입니다."라며 이를 우려한다. 한 상위 부수 회원에게 "오늘 고수님 컨디션이 안 좋았나 보네요."라고 말하는 건 어떠냐고 물었더니, 그것보다는 "잘 배웠습니다. 열심히 연습해서 다시 도전하겠습니다."라는 말이 듣기 좋다고 한다. 다른 회원들이 상위 부수 회원을 이겼다고 칭찬해 줄 경우에도 "그게 이긴 건가요? 고수님이 봐주신 거죠."라고 말함으로써 고수를 존중하는 마음을 표현하는 것 역시 예의 있는 태도다라는 말도 덧붙인다. 이 외에도 상대에게 공을 넘겨줄 때 공을 집어 던지는 행동, 상대는 진지하게 탁구 치는데 상대에게 집중 안 하는 태도 등 매너 없는 행동들이 많았다.

이와 반대로 "게임을 할 때 매너 좋은 사람은 어떤 사람인가요?"물었다. 공통적으로 "잘 부탁합니다. 잘 배웠습니다."와 같이 인사 잘하는 사람, 상대를 존중해 주는 느낌이 드는 사람, 상대를 칭찬해 주는 사람, 열심히 쳐 주는 사람, 최선을 다하는 사람 등을 꼽았다. 사람 마음은 다 똑같군! 하지만 인간이라는 것이 본디 완벽하지 않아서 이렇게 물어보고 마음에 새겨도 실수할 때가 많다. "아차" 하는 순간이 있다. 인간이니까 그렇다. 그래도 자꾸 생각하려 애쓴다면 어느 순간 탁구 기술처럼 자연스럽게 몸에 스며들지 않을까? 그래서 이 두 문장은 습관적으로 말하려 한다. "잘 부탁합니다." "잘 배웠습니다."

자습이 필요할 뿐

아무도 없기를 바라며 탁구장으로 향했다. 보통의 일요일 저녁과 다르게 5명의 회원들이 탁구를 치고 있었다. 기계실로 들어가 탁구 로봇 앞에 섰다. 지난번 관장님께 지적받았던 백플릭을 연습하기 위해서다. 백플릭 할 때 자꾸 라켓의 아랫면을 맞춘다며 윗면을 맞추라고 하셨는데 어떻게 해야 라켓 윗면을 맞출 수 있는지 이것저것 시도해 볼 생각이다.

라켓 어디에 공을 맞혀야 하는지 집중하며 연습하려는 찰나, 뒤에서 보고 있던 한 회원이 오른발을 지적한다. "발 앞꿈치로 들어가야 하는데 뒤꿈치로 들어가네요. 뒤꿈치가 들어가며 백플릭 연습하는 건 하나 마나 한 연습입니다."라며 지적한다. 발에 신경 쓰다 보니 라켓 윗면을 맞혀야 한다는 애초의 연습 목표는 사라졌다. 그의 말대로 앞꿈치에 힘을 주는 동시에 관장님의 말대로 라켓 윗면에 공을 맞히면 금상첨화겠지만 멀티가 가능한 인간이 아니다. 한 번에 한 가지만 가능하다. 두 가지도 어려운데 이번엔 다른 회원이 "팔꿈치를 더 들어야 한다."라고 주문한다. 이제 라켓면, 앞꿈치, 팔꿈치 등 무려 세 가지를 신경 써야 한다. 내 능력의 한계치를 벗어났다.

갑자기 짜증이 확 밀려왔다. 다 맞는 이야기고 다 나 잘되라고 하는 선의의 말이다. 하지만 자습의 목적으로 탁구장에 왔다. 혼자 조용히 라켓 아랫면에 맞는 이유가 뭔지 알기 위해 일부러 사람들이 없는 시간을 택했다. 숙제를 붙들고 혼자 고민할 시간이 필요했다. 숙제 하나 하러 왔는데 두 개가 얹어져 세 개가 되었다. 나는 무슨 일에나 시간이 걸리는 사람이다. 관장님이 지적한 부분을 붙잡고 골머리 썩일 시간이 필요하다. 이렇게도 쳐 보고 저렇게도 쳐 보는 시도를 통해 라켓 아랫면을 맞추는 이유를 찾아내고 싶었다. 수학 문제 풀 듯 끙끙대며 나만의 시간을 가지고 싶었다. 앞꿈치, 팔꿈치 말고 오로지 라켓면에만 집중하고 싶었다. 한 번에 한 가지밖에 못하는 인간이라 더

살짜쿵 탁구

더욱 그렇다. 스스로 정리할 시간이 필요했다.

탁구는 하면 할수록 감각 운동이라는 걸 실감한다. 포핸드 드라이브의 경우 관장님이 "지금 하는 스윙이 맞다."라고 하는데 오히려 나는 "이게 맞다고요?" 하는 의구심이 든다. 아직 포핸드 드라이브에 대한 감각을 제대로 느끼지 못했다는 증거다. 내 스윙에 대한 확신이 없다는 건 아직 포핸드 드라이브에 대한 감각이 없다는 이야기다. 물론 옆에서 관장님이나 다른 회원들이 가르쳐 줄 수 있다. 그러나 그건 그들이 느낀 그들의 감각이지 내 감각은 아니다. 그 감각을 느껴야 하는 건 오로지 나 자신뿐이다. 언젠가 관장님이 커트 서비스 넣는 걸 힘들어하는 나를 보며 이런 말을 한 적이 있다. "본인이 느껴야 하는 감각이라 대신해 줄 수도 없고." 이 말이 답이 아닐까? 스스로 어떤 감각인지 느껴야 한다.

이러한 감각을 느끼기 위해서는 자습이 필요하다. 이때는 오히려 주위 사람들의 조언이 독이 될 수도 있다. 왜 자꾸 라켓 아랫면을 맞추는지에 대한 고민을 하고 싶은데 다른 조언들 때문에 처음 문제에 집중하기 어렵다. 그들은 각자 한마디씩 조언을 하며 거의 신과 같은 능력을 내게 요구한다. "왜 조언하는 대로 못 하냐?"라며 답답해한다. 나도 하고 싶다고요. 말이 쉽지. 말하는 대로 바로바로 할 수 있다면 레슨이 굳이 왜 필요하겠어요? 그렇다면 수년간 탁구 친 회원들은 이미 기술적으로 다 완성되어 있어야 하는 것 아닌가요?

이러한 주위의 조언은 백플릭뿐 아니라 다른 기술을 연습할 때에도 시도 때도 없이 들려온다. 마치 말하는 대로 되리라는 마법의 주문처럼 말이다. 이런 말을 들을 때마다 헤매지 말아야 하는데 매번 길을 잃고 헤맨다. 사람들의 조언에 이리저리 휘둘린다. 이 사람이 이렇게 하라고 하면 이렇게 해 보고, 저 사람이 저렇게 하라고 하면 저렇게 해 보고. 이리 찔끔, 저리 찔끔. 머릿속은 계속 꼬여만 가고 그러다 보니 별다른 진전이 없다. 자습을 통해 천천히 하나씩 내 것으로 만들어야 하는 스타일인데, 품을 많이 들여야 하는 인간인데, 그걸 망각한 채 멀티가 안 되는 무능력만을 자책했다. 이러한 혼란 속에서 중심을 잡고 싶어 택한 방법이 자습이다.

작가 무라카미 하루키는 『달리기를 말할 때

내가 하고 싶은 이야기』에서 "자신이 흥미를 지닌 분야의 일을 자신에게 맞는 페이스로, 자신이 좋아하는 방법으로 추구해 가면 지식이나 기술을 지극히 효율적으로 몸에 익힐 수 있다는 걸 깨달았다."라고 말한다. 내게 맞는 페이스로, 내가 좋아하는 방법으로 연습하면 된다. 내게는 자습이 그러한 방법 중 하나다. 수학 문제 풀 듯 붙들고 고민해 보는 시간. 답지에 정답이 버젓이 적혀 있지만, 정답으로 가는 문제 풀이에는 다양한 방법들이 있다. 오답이 있을 수도 있다. 그 오답마저도 과정이지 않을까? 잘못된 방법이라도 이것저것 시도해 보는 나만의 시간이 없다면 힘들게 답을 찾았을 때 느낄 수 있는 희열을 제대로 만끽하지 못하리라. 늦더라도 내 발로 한 발 한 발 천천히 나아가고 싶다. 언제 와야 탁구장에 사람들이 없을까?

여성 탁구인에게 드라이브란?

출장이나 여행을 이유로 다른 지역 고수님이 탁구장에 나타날 때가 있다. 관장님은 회원들과의 게임을 주선하고 원하는 회원은 게임할 수 있는 기회가 주어진다. 이날은 공교롭게도 구장에 여성 회원들만 있어 고수님이 돌아가면서 게임을 해 주셨다. 심판을 자청해 그가 여성 회원들과 게임하는 모습을 유심히 지켜보았다. 대부분의 게임은 포핸드, 백핸드, 스매싱, 커트 볼 스트로크(스트로크라 줄여서 말한다)로 진행되었다. 물론 부수가 높은 여성 회원은 포핸드 커트와 백핸드 커트를 자유자재로 구사했지만 커트 랠리만 있을 뿐 어느 게임에서도 포핸드 드라이브나 백핸드 드라이브 기술은 찾아볼 수 없었다. 커트 랠리 중 붕 뜨는 공만 스매싱이나 스트로크로 점수를 낼 뿐이었다.

레슨 때 여성 회원도 열심히 드라이브를 배운다. 하지만 막상 게임에서는 드라이브의 흔적을 찾아볼 수 없다. 여성 회원에게 레슨과 게임에서의 괴리가 가장 큰 건 드라이브임에 틀림없다. '왜 여성 회원들은 게임 중에 드라이브를 구사하지 않는 걸까? 여성 회원에게 드라이브란 도대체 뭘까?'라는 물음은 그날 그렇게 시작되었다. 탁구 친 지 3년 반 만에 찾아온 질문. 답을 찾고 싶어 우선 주변 사람들을 붙잡고 묻기 시작했다.

첫 번째는 관장님이다. "여성 회원들이 드라이브를 하지 않는 이유가 뭘까요?" 그는 "여성 회원 대부분이 커트 서비스를 넣지 못하기 때문에 드라이브를 못 거는 거야. 매번 드르륵 빠른 회전 서비스를 넣기에 3구에 드라이브를 걸 기회를 가지지 못하잖아. 드라이브를 구사하기 위해서는 커트 서비스를 넣을 줄 알아야 해. 커트 서비스를 넣지 못하면 평생 자신의 한계를 넘어서지 못하고 포핸드, 백핸드, 스매싱만 구사하는 제자리걸음만 할 수 있어."라고 답한다.

두 번째는 구장의 남성 회원들이다. "여성 회원들이 드라이브 구사하는 것에 대해 어떻게 생각하세요?" 7부 회원은 "여자들은 남자들보다 하체로 버텨 주는 힘이 없어 드라이브를 거는 게 힘들지만 요즘 여자들도 드라이브를 배우는 추세니 한번 배워 보세요."라고 답한다. 유행이니 따라 하라는 건가? 옆에 있던 5부 회원에게도 물었다. 그는 "상위 부수로 가기 위해서는 여자도 반드시 드라이브를 구사해야 한다."라고 강하게 주장한다.

세 번째는 5부, 6부의 여성 회원들이다. "여자가 드라이브 거는 것에 대해 어떻게 생각하세요?" 그녀들은 구력이 10년 이상으로 당시에는 드라이브를 배우던 시절이 아니었기에 스트로크를 구사한다. 그녀들은 "여자들은 드라이브가 약해 의미없어. 남자들과 게임할 때 드라이브 걸면 다 두드려 맞잖아."라며 여자들이 드라이브 거는 것에 대해 부정적으로 말한다. 구장 내 최상위 부수인 그녀들이 드라이브가 쓸모없다고 하니 가뜩이나 귀가 얇은 나는 더 혼란스럽다.

네 번째는 내게 물었다. "네게 드라이브란?" 아이고 잘 모르겠다. 솔직히 드라이브를 배우고 있음에도 이걸 배우는 게 맞는지 모르겠다. 분명 레슨 시간에 드라이브를 배우고 있음에도 게임

살짜쿵 탁구

중 자신 있게 드라이브를 걸지 못한다. "여자들은 원래 드라이브에 회전 주기도 힘들고 약해서 의미가 없어."라는 말이 들리기라도 하는 날이면 귀가 팔랑팔랑 '드라이브를 배우는 게 맞나?' 의심이 하늘을 찌른다. 갈팡질팡, 대혼돈이다.

이렇게 헤매고 있는 가장 큰 이유는 '이 나이에 드라이브를 해야 하나?'라는 아주 본질적인 질문이 발목을 잡고 있기 때문이다. 당시 구력 3년 반이었던 나는 49세로 스트로크 세대와 드라이브 세대 사이에 끼어 있는 일명 '낀 세대'다. 50~60대의 여성회원들은 탁구를 처음 시작할 때 스트로크를 배웠기 때문에 드라이브에 대한 고민이 없다. 지금의 20~30대는 탁구 트렌드가 여성들도 드라이브를 구사하는 추세라 드라이브 배우는 것을 당연하게 생각한다. 40대 후반의 나는 드라이브를 구사하려니 하체 힘이 부실하고, 스트로크를 하려니 철 지난 옷을 입는 것 같아 애매하다. 체력은 50~60대에 가깝고, 해야 할 드라이브는 20~30대의 체력을 요구한다. 드라이브를 하긴 해야겠고 접근방식은 젊은 여성 회원들과 차별점이 있어야 될 것 같은데 방법을 모르겠다. 어딜 가나 낀 세대는 피곤하다. 그래서 말로는 "드라이브를 해야지." 하면서도 자신 있게 "드라이브 전형이 될 거예요."라고 말하지 못하는 것이다.

드라이브라는 길을 갈지 말지부터 정해야 한다. 그래야 주위에서 들려오는, 여자가 드라이브 거는 것에 대한 부정적인 말들에 흔들리지 않고 앞으로 나갈 수 있다. 혼란스러워하며 이도 저도 아닌 상태로 더 이상 갈팡질팡하고 싶지 않다. 드라이브를 해야 하나 말아야 하나 의심하면서 드라이브라는 길을 갈 순 없다.

마지막으로 내게 다시 물었다. "너 진짜 드라이브 하고 싶은 거 맞아?" 그렇단다. 탁구의 꽃은 드라이브다. 나 역시 탁구를 하면서 가장 부러운 사람은 포핸드 드라이브를 자유자재로 구사하는 탁구인이다. '저렇게 드라이브를 자유자재로 걸며 탁구를 치면 얼마나 좋을까? 저거야말로 탁구다운 탁구, 궁극의 탁구 아니겠어?' 동경의 눈으로 바라보기 일쑤다. 특히 가장 어렵다고 하는 백쪽에서 돌아서 상대의 백쪽과 화쪽으로 코스를 가르는 포핸드 드라이브를 꼭 갖고 싶다. 나 역시 드라이브라는 꽃을 한 번쯤은 피워 보고 싶다. 활

살짜쿵 탁구

짝 피울 수 없을지라도, 피우다 말지라도 드라이
브라는 길을 가 보고 싶다. 그래, 마음은 먹었고
그럼 어떻게 접근해야 할까?

관장님 말대로라면 커트 서비스를 넣을 줄 알
아야 하고 여성 회원들 말대로라면 드라이브가
약하면 의미가 없기에 드라이브의 파워나 회전도
중요하다. 하지만 7부 회원 말대로 하체로 버텨
주는 힘이 부족한 여자로서 드라이브에 어떻게
접근해야 하는지는 잘 모르겠다.

주변에 드라이브를 구사하는 여성 회원이 없
어 더 헤매고 있는지도 모른다. 주변에 없다면 유
튜브 영상에서 찾아보리라. 우선 드라이브를 구
사하는 비슷한 연령대의 여성 회원을 찾아보았
다. 적당한 사람이 있었는데 여성으로는 보기 드
물게 포핸드 드라이브를 자유자재로 구사해 자
주 보는 유투버 중 한 명이다. 지역 5부 생활체육
인이라 롤모델로 삼기에도 적합하다. 드디어 롤
모델이 생겼다. 그녀처럼 드라이브를 자유자재로
걸기 위해 그녀를 따라 연습하리라 마음먹었다.

그런데 어느 날, 그녀의 '포핸드 드라이브' 영
상 밑에 전직 여자 코치였던 분이 다음과 같은 댓

글을 달았다. "영상 속 여성 회원의 스윙은 남자 오픈 4부 수준의 자세이며 남자 오픈 4부 수준의 스윙은 남자 초보의 경우 5~7년을 죽도록 노력해야 겨우 됩니다. 그런데 체력도 힘도 부족한 성인 초보 여성 회원이(나를 말하는 건가?) 이 영상에 나오는 선수의 자세를 만든다고요? 있을 수 없는 일입니다. 그리고 이 여성 회원 같은 실력을 발휘하기 위해서는 탁구장에서 5년을 먹고 자면서 연습한다고 해도 거의 힘듭니다. 아무리 탁구 욕심이 있다고 하더라도 체력이 못 견딥니다." 아니 그녀의 드라이브 스윙을 만들기 위해서는 남자 초보가 5~7년을 죽도록 노력해야 한다고? 탁구장에서 5년을 먹고 자면서 연습해도 힘들다고? 드라이브 스윙 만드는 데 이렇게 오랜 시간과 에너지가 필요하다니 3년 반 구력의 나는 갑자기 허탈해졌다.

드라이브를 본격적으로 배워 보겠다 마음먹었는데 갑자기 내 앞에 거대한 산이 떡 버티고 있는 것 같은 느낌이었다. 3년 반을 열심히 달려 얼마 남지 않았다 생각했는데 '아직 드라이브는 시작도 안 했구나' 싶어 당혹스러웠다. 드라이브 스윙을 만들기 위해선 생각보다 오래 걸린다는 '시간'이라는 복병이 나타났다. 드라이브 스윙 하나 만드는 데 이리도 오랜 시간이 걸린단 말인가? 아! 진짜 너 포핸드 드라이브, 너를 어쩔 거냐고? 다른 사람에 비해 느린 사람이니 한 10년쯤 길게 보고 가야 하나?

어쩌면 10년쯤 길게 보고 가는 게 내게 맞는 방법인지도 모른다. 2~3년만 배우면 평생 재미있게 탁구 칠 줄 알았던 운동 문외한이라 빨리 늘지 않는 탁구에 늘 조급하고 초조했다. 그런데 드라이브 스윙을 만드는 데 이렇게 오랜 시간이 걸린다고 하니 당혹스러웠다. 하지만 한편으론 원하는 드라이브를 자유자재로 구사할 수 있는 탁구인이 되기 위해서는 10년이라는 기준점이 생긴 거나 마찬가지다. 이제는 '3년 반 열심히 달렸으니 얼마 남지 않았다'라는 착각 따윈 하지 않고 드라이브라는 길을 갈 수 있다. 원래 어려운 거고, 원래 시간이 많이 걸린다는 걸 알았으니 힘들어도 크게 좌절하지 않고 이 길을 묵묵히 갈 수 있다. 얼마큼 걸릴지 모르고 가는 길과 알고 가는 길은 다르다. 시간은 벌었으니 이제 시작하기만 하면 된다. 이제야 숨통이 좀 트인다.

그럼에도 불구하고 드라이브!

예전에 함께 탁구를 쳤던 언니를 만나 탁구에 대한 고민을 나누곤 한다. 만나자마자 그녀를 붙잡고 하소연하기 시작한다. "레슨 받은 지 3년 반이나 됐는데 게임 할 때 드라이브 걸 기회가 와도 잘 못 걸겠어요. 왜 이렇게 안 되는 건지 드라이브 때문에 진짜 미쳐 버리겠어요." 그녀 역시 "나도 그래. 드라이브 걸려면 자세를 낮춰야 하는데, 다리에 힘이 없어 한 번은 걸어도 두 번 세 번은 못 걸겠어."라며 한숨짓는다. 그녀의 코치는(그녀는 다른 탁구장에 다닌다) "드라이브를 잘 걸기 위해서는 우선 다리 힘이 필요합니다. 다리 힘을 기르는 것이 우선입니다."라고 조언했단다. 그녀는 "탁구 선수 될 것도 아닌데 다리 힘까지 길러 가며 탁구 쳐야 해? 50이 넘었는데 다리 힘 키우다가 행여 관절이라도 나가면 어떡할 거야?"라며 지극히 현

살짜쿵 탁구

실적인 걱정을 한다. 그녀의 말에도 일리가 있다.

하지만 한편으로는 '다리 힘을 키우려는 노력은 하지 않은 채 드라이브 기술만 계속 밀어 넣는 방식이 드라이브를 잘 걸기 위한 올바른 방향일까?'라는 의심이 드는 것도 사실이다. 몸은 준비되지 않은 채 헛바퀴만 돌리고 있는 건 아닐까? "선수 될 것도 아닌데, 다리 힘까지 따로 길러야 하냐?"라는 말이 발목을 잡는다. 하체 힘을 기른다고 해서 선수가 되지 않는다는 건 그녀도 나도 알고 있다. 사실 '그렇게까지 해야 하나?'가 더 큰 저항으로 작용한다. 탁구 외에 또 하나를 추가해야 하는 걸 받아들이는 건 이리도 어렵다. 그래도 어쩌겠는가? 탁구 유튜버 중 한 젊은 여성 탁구인은 드라이브를 잘 걸기 위해 헬스장에서 스쿼트도 하던데. 다리 힘을 키우는 시늉이라도 해 봐야 하지 않을까?

드라이브에 대한 질문은 꼬리에 꼬리를 물고 이어졌다. 이번엔 '왜 여성 회원의 드라이브 습득 속도가 남성 회원보다 느릴까?'였다. 드라이브에 대한 생각으로 머릿속이 가득 차서였을까? 매일 쳐다보던 레슨실 풍경과 탁구대에서 회원들이 연습하는 모습이 그날따라 다르게 보였다. 답은 남성 회원과 여성 회원의 드라이브 레슨 시간 배분과 탁구대에서 하는 연습 내용에 있었다. 인지하지 못하고 있을 뿐 답은 언제나 가까이 있다. 20분 레슨을 받는다고 할 때, 여성 회원의 레슨 구성은 주로 포핸드, 백핸드, 스매싱, 포핸드 드라이브, 백핸드 드라이브로 이루어져 있다. 포핸드, 백핸드가 주력이고 드라이브 시간은 기껏해야 5분 정도다. 남성 회원의 경우 포핸드 드라이브, 백핸드 드라이브가 주력이고 포핸드와 백핸드는 부수적이다. 포핸드도 일반 포핸드가 아니라 드라이브 계열인 포핸드 드라이브를 레슨 받는다. 물론 초보 회원들을 제외하고 비슷한 구력의 남성 회원들의 경우를 말하는 거다. 탁구대에서 연습할 때도 남녀 간 차이가 보인다. 여성 회원들은 드라이브 연습보다는 주로 포핸드, 백핸드, 스매싱을 연습한다. 남성 회원들처럼 드라이브를 연속해서 거는 드라이브 랠리를 연습하는 경우는 거의 없다. 연습하는 데 미쳐 있는 내 연습 시스템 안에도 드라이브 랠리 연습은 없다. 그러나 남성 회원들의 경우 포핸드 드라이브 랠리 연습은 거의 루틴

살짜쿵 탁구

에 가깝다.

지금 생각해 보니 나 역시 연습 파트너와 연습할 때, 나는 백쪽에서 돌아서 스매싱 연습을 하고 파트너는 백쪽에서 돌아서 드라이브 거는 연습을 마치 그게 당연하다는 듯이 아주 자연스럽게 해 왔다. 질문하지 않으면 인생은 그렇게 흘러간다. 그렇게 2년 가까이 연습하면서도 차이점을 이제야 알았다니 어이가 없다. 레슨실에서는 2배 이상 차이가 나고 연습에서는 아예 비교 대상이 되지 않는다. 드라이브 레슨 시간과 연습량이 이토록 미약한데 드라이브가 게임 중 나올 리 만무하다. 여태 드라이브를 배워 왔다고, 연습해 왔다고 생각했는데 현실을 직시해 보니 드라이브를 걸기 위해 한 게 아무것도 없다. 감나무 아래에서 마냥 감이 떨어지기만을 바랐구먼!

드라이브가 왜 안 되는지 이제야 알겠다. 현실이 내게 알려 준 건 '드라이브를 아직 시작도 안 했다'라는 사실이다. 드라이브를 배우고 있는 것처럼 보였지만 흉내만 내고 있을 뿐이었다. 본격적으로 시작도 안 해 보고 툴툴거리기만 했다. '언제 드라이브가 느는 거야?' 세월만 탓했다. '시간이 지나면 서서히 늘겠지.'라는 안일한 생각도 한 몫했다. 탁구장을 10년 다니는 거랑 기술을 얼마나 집중적으로 배웠느냐는 엄연히 다른 문제인데 말이다.

언제까지 '여자는 다리에 힘이 없어서 드라이브를 잘 걸지 못한다.'라는 말에 갇혀 스스로를 합리화시킬 거니? '여자는 드라이브가 약해 의미 없다'라는 말에 언제까지 휘둘릴 거냐고? 드라이브의 레슨 시간과 연습 시간이 가뜩이나 부족한데 심리적으로 이러한 말들에 갇혀 스스로를 여자라는 한계에 가두고 있었다. 드라이브를 구사하기에 신체적으로 젊은 나이는 아니지만, 나이라는 한계도 사실은 내가 정해 놓았다. 나를 가두고 있는 건 내 자신이었다. 다시 한번 내게 "진짜 드라이브를 구사하고 싶니?"라고 물었더니 그렇단다. 정말 몇 번이나 물어보는지 모르겠다. 여자라는 핑계, 나이 핑계는 이제 그만 대자. 시작도 안 한 거나 마찬가지다. 이제야 비로소 드라이브의 출발점에 서 있는 것 같다.

드라이브에 대한 나름의 정리가 끝났으니, 이제 드라이브라는 기술에 집중해 보려 한다. 그러기 위해서는 전략, 즉 드라이브를 위한 프로세스가 필요하다. 첫 번째는 다리 힘을 기르는 것이다. 시간상 다른 운동으로 이를 뒷받침하기는 어렵다. 부담스럽다. 탁구장에서 할 수 있는 방법을 찾았다. 탁구장에 들어가자마자 벽에 기대 스쿼트를 하는 것이다. 이 방법은 한 남성 회원이 다리 힘을 키우기 위한 방법이라며 추천해 주었는데 꾸준히 한다면 다리에 근육이 생길 것 같다. 두 번째는 레슨 전 탁구 로봇과의 드라이브 연습을 루틴으로 만드는 거다. 매번 마음을 먹어야 하는 게 아니라 매일 지켜야만 하는 루틴으로 만들어 드라이브 연습이 습관으로 자리 잡게 하기 위해서다.

세 번째가 가장 중요하다고 생각하는데 관장님과 상의해 레슨 시간의 구성을 달리하는 거다. 당분간 20분 중 15분은 포핸드 드라이브만 해서 드라이브 감각을 몸에 익히고 싶다. 한 번도 라켓에 공을 묻히는 드라이브 감각을 느껴 본 적이 없기에, 이 감각을 느껴 보고 싶다. 여기에 한 가지 목표가 더 있다면 레슨을 통한 다리 힘의 강화다. 드라이브를 걸려면 자세를 많이 낮추어야 하는데 드라이브 레슨 시 반복된 자세 낮춤이 다리 근력을 강화시켜 줄 것이다. 하체 힘이 없는 여자로서의 한계를 조금은 극복시켜 주지 않을까 기대해 본다. 파트너와의 드라이브 랠리 연습은 위의 세 가지가 어느 정도 일상에 자리를 잡으면 시작하려 한다. 한 번에 다 할 순 없다. 그럴 능력도 없다.

여태 제대로 된 나만의 드라이브 프로세스를 만들지 못했다. 탁구의 기술적인 부분도 중요하지만, 이러한 프로세스 구축과 마음가짐이 내게는 더 절실했던 것 같다. 무언가를 일상에 들인다는 건 이렇게나 지난한 과정이 필요하다. 나를 납득시키고 이해시키고 나서야 그제야 마음이란 걸 먹게 된다. 이제야 드라이브에 대한 정리가 조금은 된 듯하다. 최고의 훈련은 자기 객관화라고 했던가? '아직 시작도 안 했다.'라는 현실 직시는 역으로 내게 희망을 준다. 해 보았는데 안 된 것이 아니다. 시작을 안 했을 뿐이다. 이제 시작만 하면 된다. 아! 써 놓고 보니 해야 할 일투성이다. 솔직히 해야 할 게 많아서 '선수가 될 것도 아닌데'라는 말 뒤에 숨고 싶다.

그럼에도 드라이브라는 길을 가기 위해, 드라

이브라는 꽃을 한 번쯤은 피우기 위해 탁구장에 도착하자마자 탁구장 벽에 붙었다. 그리곤 천천히 스쿼트를 하기 시작했다. 내가 생각해도 모양새가 우습지만, 마음이란 걸 먹었으니 얼굴에 철판을 깔고 드라이브의 첫걸음을 시작해 보려 한다. 그런데 회원들이 다 나를 보고 있다. '뭐 하는 거지?' 아! 뻘쭘하다.

핌플 전형에 대하여

"핌플 러버를 달아. 지금 치는 거 보면 두 부수 정도 승급은 문제없을 거야." 한 회원이 내게 건넨 말이다. 이렇듯 핌플 러버 전형(Pimple rubber, 돌기가 밖으로 나온 러버를 라켓에 붙이는 전형)을 선택하라고 권유하는 회원들이 가끔 있다. 그러나 내 답은 거의 비슷하다. "잘 치지 못하지만 민 러버 전형으로 계속 치고 싶어요. 민 러버(평면 러버, 돌기가 안으로 접해 있고 바깥이 평평한 러버)로 치는 게 재미있어요."

예전에 나는 거의 수비형에 가까웠다. "수비 말고 본인이 쳐서 점수를 내야 한다."라는 관장님의 지속되는 세뇌에 물들었는지 탁구 스타일이 수비형에서 공격형으로 바뀌는 중이다. 공격해서 점수 딸 때의 기분은 수비해서 점수 딸 때와는 사뭇 다르다. 한 방 공격이 먹히기라도 하는 날이면 그렇게 짜릿할 수가 없다. 이때의 희열은 이루 말할 수 없다. 공을 주우러 가는 상대를 따라가는 발걸음엔 이미 교만이 한가득이고, '하나 해냈다고!'라는 오만함은 표정에서부터 흘러넘치다 못해 주체를 하지 못한다. '이러면 안 돼. 겸손해지라고.' 이성이 황급히 소리치며 막아서지만 나도 모르게 자체 방출되는 오만방자함은 감추어지지 않는다. '상대에게 이런 우쭐한 모습을 보이면 안 되는데.' 마음을 추스르지만, 상대도 이미 눈치챘으리라.

　이렇듯 요즘 나는 공격에 미쳐 있다. 무조건 공격해서 이기려고 한다. 수비만 하다 공격의 맛을 한 번 알고 나니 거침이 없다. 그동안 못 한 공격을 이참에 다 하고 말겠다는 의지의 발현인가? 닥치고 공격, 닥공 스타일이 되었다. '이제야 탁구다운 탁구를 하고 있구나'라는 생각도 한다. '아니 그럼 수비형일 때는 탁구다운 탁구가 아니었니?' 사람이 이리도 간사하다. 이런 내게 수비형에 가까운 핌플 러버 전형이 되라고 하니 지금은 아니라고 말할 수밖에. 물론 핌플 러버를 잘 다루는 분들은 공격력 또한 민 러버 전형에 뒤지지 않지만, 그럴 능력이 내게 있는지는 잘 모르겠다. 어찌 되었든 지금은 핌플 러버를 달 마음이 없다. 그렇다고 해서 "영영 안 달 거예요."라고 자신 있게 말할 수도 없다. 언제 바뀔지 모르는 게 사람 마음이기 때문이다.

"핌플 러버 단 사람들이랑 정말 치기 싫어. 뭔가 공정하지 못하고 반칙 같아."라며 핌플 러버 전형을 대놓고 싫어하는 회원도 있다. 민 러버 전형의 한 여자 회원은 "오픈 대회 나가 봐. 여기서 뽕, 저기서 뽕. 아주 뽕밭이야."라는 말을 하기도 한다. "핌플 러버 안 단 걸 보니 엄청 잘 치시나봐요?"라는 말도 들었다고 한다. 그만큼 상위 부수 여자 회원 대부분이 핌플 러버 전형이라는 이야기다. 또 다른 여자 회원은 "상위 부수로 갈수록 남자들과의 게임에서 밀리는 경우가 많아. 하도 남자들한테 지길래 핌플 러버를 달았어. 그런데 공격하는 맛이 덜하더라. 재미가 없더라고. 그래서 다시 민 러버로 돌아왔잖아."라며 자신의 히스토리를 말한다. 사실 상위 부수 여자 회원 중 민 러버 전형을 찾기 힘든 게 현실이다. 그래서 상위 부수 여자 회원들이 하나둘씩 핌플 러버 전형으로 바꿀 때마다 마치 내 일인 양 안타깝다. 핌플

러버 전형을 싫어해서라기보다는 민 러버 전형들
이 버티지 못하고 사라지는 아쉬움 때문이다.

　나 역시 탁구를 시작한 지 얼마 되지 않았을
무렵, 핌플 러버 전형을 부정적인 시선으로 바라
봤다. "민 러버 전형도 어려운데 핌플 러버 전형
까지 상대해야 한다니, 탁구 너무 어려운 것 같아
요. 도대체 핌플 러버는 누가 만든 거예요? 전 세
계적으로 핌플 러버를 허용하지 않았으면 좋겠어
요."라며 투덜대곤 했다. 탁구를 몰라도 너무 몰랐
던 거다. 시간이 흘러 탁구라는 세계에 몸담은 지
4년이 넘어가면서 핌플 러버 전형 역시 수비 전
형, 공격 전형, 올라운드 전형처럼 단지 하나의 전
형이라는 걸 받아들이게 되었다. 사람도 이 사람
저 사람 그 사람이 있듯 말이다. 낯설기 때문에 받
아들일 시간이 필요했나 보다. 핌플 러버가 감당
이 되질 않으니 피하고 싶어서 그랬는지도 모른
다. 박민규의 『핑퐁』이라는 소설에 이런 문장이
나온다. "자신의 라켓을 갖는다는 것은 곧 자신의
의견을 갖게 된다는 것이다." 민 러버를 선택하든
핌플 러버를 선택하든 이것 역시 자신의 의견이
지 않을까?

모든 공을 돌리고야 말 테다

독특한 그의 웃음소리가 탁구장에 울려 퍼진다. 아마 그가 의도한 대로 상대가 실수한 것이 틀림없다. 오늘도 그는 한 회원과 게임을 하면서 탁구공을 마구마구 회전시키고 있다. 그는 어떻게든 상대의 서비스부터 공을 회전시키려 하고, 상대가 받아넘기면 더 많은 회전을 주려 한다. '모든 공을 돌리고야 말겠다'라는 일념 하나로 라켓을 돌리고, 방향을 바꾸고, 공을 높이 띄운다. 그리고 상대의 공을 받기 위해 테이블에서 최대한 멀리 떨어져 있다. 회전시킨 공을 상대가 놓치면 그의 얼굴은 뿌듯함과 만족감으로 가득 차고 독특한 웃음소리로 기쁨을 만끽한다. 그에게는 탁구칠 때 희열을 느끼는 순간이 공을 회전시켜 상대의 실수를 유발하는 데 있나 보다. 어쩜 공을 요리조리 잘 돌리는지.

172

그와 게임한 적이 있다. 처음에는 낯선 회전 공 때문에 박자를 못 맞춰 헛스윙하기 일쑤였다. 다른 공들보다 좀 더 기다렸다 쳐야 하는데, 무턱대고 달려들어 치려고 하니 미스가 속출했다. 초보인 내게는 절대 쉽지 않은 공이었다. 세상에는 참 다양한 공이 있군! 관장님은 "초보가 넘어야 할 산 중 하나다. 열심히 도전해서 산을 넘어 봐. 회전을 이해하면 제일 쉬운 공이 될 수도 있다."라고 조언한다.

우선 다른 회원들이 그와 하는 게임을 유심히 관찰한 후, 대략 네 가지 전략을 세웠다. 어설프게 공격하면 수비가 좋으니 빠르고 강하게 공격해 한 번에 끝내려고 할 것, 서 있는 위치를 확인해 반대쪽 모서리를 노릴 것, 서비스를 빠르게 넣어 공을 회전시킬 시간을 주지 말 것, 회전된 공이 오면 칠 방향을 정하고 충분히 기다렸다가 칠 것. 이런 것들을 염두에 두고 게임에 임하니 차츰 원하는 대로 게임이 풀리기 시작했다. 완벽하진 않았지만 하나하나 적용해 가는 재미가 있었다.

그러던 어느 날, 나와의 게임을 지켜보던 한 회원이 그에게 말했다. "그렇게 공을 띄워 주고 수비만 하면 어떻게 해요? 공격해야지." 그는 조언을 받아들여 곧바로 공격을 시도했다. 그러나 몸에 맞지 않는 옷을 입은 듯한 무리한 공격은 두 번 다 미스로 이어지고 말았다. 그의 탁구 스타일은 수비형에 가깝다. 공격하는 공을 받아넘기고 공격보다는 공을 회전시키고 수비를 완벽하게 해 상대의 실수를 유발하는 스타일이다. 왜 이런 스타일을 가지게 되었는지 물어보니 나이와 무관하지 않았다. "50대 후반에 탁구를 시작하면서 동호회에 들어갔다. 바로 게임을 해야 하는 상황이라 자연스럽게 공을 돌리기 시작했다."

이렇듯 탁구 생활체육인 중에는 레슨을 받지 않고 자신만의 방법으로 탁구를 치는 사람들이 많다. 어느 세계에나 독학은 있는 법이다. "똑같은 구질의 탁구인은 하나도 없다."라는 말을 증명이라도 하듯 그들은 자신만의 타법을 만들어 탁구를 친다. 탁구계에서는 이런 사람들을 '사파'라고 부른다. 탁구를 시작한 지 얼마 되지 않았을 무렵, 이런 스타일의 회원과 탁구 치는 걸 피했다. 보도 못한 공이고 낯설어서 감당할 수 없었다. 솔직히 '나는 레슨 받고 있는데, 저들은 사파잖아.'라는 생각을 한 적도 있다. 단지 누군가는 레슨을 선택했고, 누군가는 독학을 선택한 것뿐인데 말이다.

시간이 지나야 알게 되는 부분이 있다더니 탁구를 친 구력만큼 세계도 달리 보이나 보다. 다양한 사람들과 탁구를 치면서 결국 탁구를 잘 치기 위해 노력하는 건 본질적으로 똑같고, 누구나 각자의 방식으로 치열하게 노력하고 있다는 걸 알게 되었다. 다양한 사람이 있듯 다양한 공이 있고 다양한 사람을 인정해야 하듯 다양한 공도 인정하고 받아들여야 한다는 것도 알았다. 이제는 그들 한 사람 한 사람이 각기 다른 전형처럼 보인다. 비로소 편협했던 내 탁구 세계가 조금은 넓어진 것 같다. 낯선 공을 받아들이는 데 시간이 필요했나 보다.

그럼 어떻게 하면 자신만의 타법으로 탁구 치는 사람들과 서로를 인정하며 즐겁게 탁구 칠 수 있을까? 공을 돌리는 전형인 그는 연습하는 것보다는 게임을 좋아한다. 나는 유독 연습하는 걸 좋아하는 성향의 인간이다. 연습을 통해 조금씩 성장하고 있는 내가 좋다. 그런데 이런 기질의 내게 그가 매일 게임을 하자고 한다. 운동할 수 있는 시간은 한정되어 있고 이런 경우 난감하다. 난 연습을 해야 만족하는 스타일이고, 그는 게임을 해야 만족하는 스타일이다. 좁은 구장이라 매번 그의 제의를 피할 수 없어 더 난제다. 그래서 어느 날 조심스럽게 "평일에는 배운 걸 연습하기에도 시간이 부족해요. 죄송합니다. 괜찮으시면 주말에 게임하는 건 어떨까요?" 하고 양해를 구했다. 감사하게도 제안이 받아들여져 그와는 주말에 게임을 한다. 평일에는 누구와도 게임을 하지 않기에 그리 기분 나쁘지 않게 받아들이지 않았을까 짐작해 본다.

'운동이라는 게 즐겁기만 하면 되지'라는 단 하나의 목적만 있다면 문제가 되지 않지만, 인간이라는 게 그리 단순하지가 않다. 탁구를 하면서 재미도 있어야 하고 성장도 해야 하고 남에게 인정도 받아야 한다. 내 경우 욕심일 수 있겠지만 이 모두를 충족시키고 싶어 레슨을 통해 기술을 배우고, 연습을 통해 성장을 꿈꾸며, 게임을 통해 남에게 인정받고 싶어 한다. 물론 그중 가장 많은 비중을 차지하는 건 연습이고, 게임은 가뭄에 콩 나듯 하고 있지만 말이다.

살짜쿵 탁구

탁구장에 오는 탁구인들의 목적은 제각기 다르다. 누군가는 즐거움을 위해, 누군가는 멋있는 탁구를 치기 위해, 누군가는 성장을 위해, 누군가는 건강을 위해 온다. 종종 서로의 목표가 충돌할 때가 있다. 이런 부딪힘 속에서 서로를 인정하고 함께 잘 지내는 방법을 찾아 가는 게 탁구 기술만큼 어렵다는 걸 배우고 있는 중이다.

듣고 싶은 말을 들었다

어라! 이상하다. 포핸드 드라이브가 왜 이렇게 잘 되지? 며칠 전까지만 해도 징글징글하게 안 되더니, 드라이브 걸려고 하면 멈칫멈칫 주저하더니, 웬일이래?

모처럼 5부 고수님과 연습할 기회가 생겼다. 그는 게임을 좋아하고 나는 연습을 좋아하기에 탁구 칠 기회가 거의 없었다. 오늘은 회원들이 없는 관계로 오랜만에 탁구를 칠 수 있게 된 것이다. 그 역시 '매일 보는 사람들과는 게임을 하지 않는다'라는 나의 개똥철학을 알기에 게임과 똑같이 두 개씩 서비스를 넣되 점수는 매기지 않는 연습을 제안해 왔다. 감사하다 느끼면서도 한편으론 내 고집만 부리는 것 같아 죄책감이 들었다.

찜찜한 마음을 뒤로하고 연습이 시작되었다. 근 3개월 만에 하는 연습인데 어째 좀 이상하다.

살짜쿵 탁구

그가 커트 공을 주는데 몸이 자동으로 반응하더니 포핸드 드라이브를 너무나 자연스럽게 그의 화쪽으로 건다. 그것도 모자라 코스를 바꿔 그의 백쪽으로 걸기도 한다. 아니 갑자기 이게 된다고? 나도 놀라고 그도 놀랐다.

연습이 끝난 뒤 고수님과 휴식 테이블에 앉았다. 구장에서는 게임도 안 하면서 기가 차게도(?) 가끔 외부대회를 나가는 내게 그가 묻는다. "대회는 언제 나가요?" "2월 지나서요. 왜요?" "대회 나가면 잘할 것 같아서요. 이제 드라이브도 잘 걸어 올리던데요?" "요즘 포핸드 드라이브 연습을 주로 하고 있어요." 칭찬에 취해 묻지도 않은 말을 보탠다.

옆에 앉아 있던 동생이 묻는다. "누님, 올해 한 부수 승급하셔야지요?" 이미 칭찬에 흥분할 대로 흥분한 나는 "올해 목표는 포핸드 드라이브 코스 가르기예요. 포핸드 드라이브 코스 가르기가 되면 언젠가 부수도 올라가겠죠."라고 말한다. 그러자 조용히 듣고 있던 5부 고수님이 나지막한 목소리로 이렇게 말한다. "맞아요. 잘하고 있어요." 아! 얼마나 듣고 싶었던 말인가? 마치 내게는 "너, 잘 살고 있어."라는 말처럼 들렸다.

　같은 구장 동료이자 좀처럼 다른 사람 칭찬을 하지 않는 고수님에게 듣는 말이어서 기분이 더 좋은 건지도 몰랐다. 그 말 한마디에 몇 달간 얼어 있던 마음이 스르르 녹았다. 스트레스 덩어리였던 포핸드 드라이브에 대한 애증의 마음이 눈 녹듯 사라졌다. 옆을 지나가시던 관장님께 냉큼 "고수님이 저 포핸드 드라이브 잘 건대요."라고 대놓고 자랑했다. 고수님에게는 "잘하고 있다고 칭찬해 주시니까 더 열심히 해야겠어요."라며 묻지도 않은 앞으로의 포부를 밝혔다. 그리곤 신이 나서 기계실로 들어가 탁구 로봇으로 포핸드 드라이브 연습을 맹렬히 하기 시작했다. 그의 칭찬은 이제 막 50을 넘긴 내 몸을 그렇게 춤추게 했다. 그렇게 안 되던 드라이브에 자신감이 생겼다. 연말 내내 포핸드 드라이브에 대한 스트레스로 마음이 무거웠는데 이미 새해 복을 다 받은 것처럼 희망이 생겼다. 어두운 터널을 막 빠져나온 것 같이 눈이 부시다. 결국 마음의 문제였던 걸까? 몰아붙이지 않고 할 수 있다고 나를 어르고 달랜 햇볕 정책이 통했던 걸까?

칭찬에 무리하게 춤추었던 몸은 일어나자마자 온몸이 쑤시는 근육통을 선물했다. 그럼에도 괜스레 웃음이 난다. 듣고 싶은 말을 들었기에 근육통은 이제 무슨 훈장처럼 느껴진다. 잘하고 있다잖아. 하하하!

듣고 싶은 말을 들었다. 이런 날도 있어야 하지 않을까? "삶은 그냥 일상적인 아무렇지 않음과 가끔은 뾰족뾰족한 행복과 되게 되게 긴 현타의 버무림 같다."라던 어느 유튜버의 말이 떠오른다. 오늘이 바로 기나긴 현타 뒤에 찾아온 뾰족뾰족한 행복의 날인 건가? 그렇다면 오늘만은 아무 생각 없이 이 기쁨을 마음껏 즐겨 보리라.

4장

단체전:
인생을 알아 가는 중입니다

승급에 대하여

"성공한 사람들의 이야기는 이미 차고 넘치지 않나요? 성공해야 한다는 강박 때문에 우리들이 고통받고 있지 않습니까? 많은 사람이 평범하게 살고 있는데 그러면 그 삶이 무가치한가요? 그렇지 않아요."

"내 경험이 성공적이어야 다른 사람들한테 뭔가 들려줄 수 있을 것 같은데 굳이 저까지 글을 써야 하나요?"라는 한 작가 지망생의 질문에 은유 작가가 답한 말이다. 일주일 내내 이 말이 머릿속을 떠나지 않는다.

그녀 말대로 나 역시 평범하게 살고 있다. 남들이 보기에는 게임보다 연습을 좋아하는 꽤 독특한 캐릭터지만, 그것 말고는 그날그날 탁구를 치는 평범한 생활체육인 중 한 명이다. 이런 내게도 '성공해야 한다'라는 강박이 무의식적으로 내

면화되어 있다. 그럼, 탁구인으로서의 성공은 뭘까? 승급하는 게 성공일까? 그럼, 몇 부까지 승급해야 성공했다고 할 수 있을까? 5부? 4부?

탁구에는 부수 체계가 있다. 지역마다 다르지만 내가 사는 지역은 최하위 부수인 8부부터 최상위 부수인 1부로 나뉘어 있다. 지역 대회에 나가 우승을 하거나 입상권에 들어 포인트를 쌓아야 승급이 가능하다. 승급과는 상관없이 탁구를 치는 탁구인들도 있지만, 대부분의 탁구인은 승급을 목표로 한다. 하지만 승급이라는 게 그리 호락호락하지 않다. 10년을 쳐도 한 부수 승급하지 못하는 탁구인들이 부지기수다. 최상위 부수인 1, 2, 3부는 같은 탁구인이지만 딴 세계 사람들처럼 느껴지는 게 현실이다. "1부가 되려면 다시 태어나야 할걸. 아니야. 다시 태어나도 힘들걸?"이라는 우스갯소리는 그냥 나온 게 아니다.

나는 이제 5년 차로 8부다. 어느 날 탁구 문외한인 친구에게 탁구 친 지 5년이 되었다고 하니 "야! 5년 쳤으면 이제 탁구 선수 됐겠네?"라는 말을 당연하다는 듯 던진다. 탁구 선수? 세상이 내게 원하는 게 그녀의 말에 고스란히 배어 있다. 마

살짜쿵 탁구

치 죄라도 지은 양 주저리주저리 부수 체계를 설명하고 "탁구가 그렇게 만만한 운동이 아니야. 한 부수 올라가는 데 10년 넘게 걸린 사람도 있고, 아직 못 올라간 사람들도 많아."라는 변명을 한다. 나한테 불리한 단기간에 승급한 사람의 예는 쏙 뺀 채. 사실 그런 사람의 예는 드물기에 마음대로 열외시킨다. 왜 내가 아직 8부인지 이해시키는 데만 급급하다. 그러다 문득 '내가 왜 이 친구를 이해시켜야 하지?' 의문이 든다. 나의 장황한 변명에도 불구하고 그녀의 눈빛은 여전히 '그래도 그렇지. 여태 뭐 한 거야? 5년이나 했으면 성과를 내놓으란 말이야.'라고 요구한다. 그녀는 기어이 내게 이런 대답을 듣고 싶었던 걸까? "그래. 내가 부족해서 승급 못 했어. 노력이 부족했다고." 처음부터 실력이 부족해 승급 못 했다고 말할 걸 내 꼴만 우스워졌다.

왜 그리 변명하지 못해 안달이 났을까? 내게는 소중한 5년의 탁구 인생이 부수라는 단 하나의 기준으로 평가되는 것에 대한 반발이었을까? 그렇다. "많은 사람이 평범하게 살고 있는데 그러면 그 삶이 무가치한가요?"라는 은유 작가의 말이 그렇게 와닿았던 것 역시 '승급하지 못한 채 8부로 탁구 치는 내 삶은 가치가 없는 걸까?'라는 물음으로 자연스럽게 이어졌다. 이번에도 "그렇지 않다."라는 그녀의 말에 묻어가련다. 8부라는 숫자는 아무것도 이야기하지 않는다. 어떻게 보낸 세월인데. 그 안에 담겨 있는 하루하루의 노력은 어쩌라고? 나의 하루하루를 성과와 효율만으로 평가받고 싶지 않다. 부수라는 단 한 가지 기준으로 말이다.

이렇게 마음을 정리하는 중에 이번 주 토론 도서인 세이노의 『세이노의 가르침』을 읽다 이 문장이 눈에 들어왔다. "사업 하면서 가장 골치 아픈 직원은 자기 기준으로 일하는 사람이다. 이들은 자기 나름대로는 최선을 다하였다고 생각한다. 하지만 기억해라. 당신이 최선이라고 생각하는 방법이 실은 어리석음의 총체적 집합일 수 있다는 것을 말이다. 대부분의 사람은 자신이 일을 충분히 잘하고 있다고 생각한다. 더 잘, 더 효율적으로, 더 완벽하게 일을 하는 방법이 있다는 것을 인정하지 않는다. 즉 자기도취에 빠져 있다." 제대로 뼈를 때린다. 내가 생각하는 최선이, 하루하

살짜쿵 탁구

루의 노력이 사실은 어리석음의 총체적 집합이면 어쩌지? 자기도취면 어쩌지?

"많은 사람이 평범하게 살고 있는데 그러면 그 삶이 무가치한가요?"라는 은유와 "당신이 최선이라고 생각하는 방법이 실은 어리석음의 총체적 집합일 수 있다."라는 세이노. 이 둘의 말 사이에서 혼란스럽게 서 있다.

평범함의 가치를 찾았다고 생각했는데, 그것이 내 존재와 인생을 어떻게든 합리화시키려는 변명일지도 모른다는 의심이 드는 길 위에 서 있다. 그리고 이 길 위에서 생각한다. 이 둘의 말이 평생을 앞서거니 뒤서거니 나를 따라다니는 말일 수 있겠다고. 이 둘 사이에서 매번 방황할 수 있겠다고.

가고 또 갑니다

눈이 한 곳에 고정되어 있지 못하고 여기저기를 방황한다. 에이! 눈을 어디에 두어야 할지 모르겠다. 여기는 2023년 평창 아시아 탁구 선수권 대회 국가대표 선발전이 열리고 있는 당진 고대 체육관이다. 2022년에 출범한 한국프로탁구리그처럼 하나의 탁구대에서 진행되는 것이 아닌 무려 다섯 대의 탁구대에서 TV에서나 봐 왔던 선수들이 경기를 하고 있다. 이게 무슨 별천지란 말인가? 바로 내 눈앞, 20미터도 안 되는 거리에 신유빈이 보이고 장우진이 보이고 이상수, 안재현, 조대성, 전지희, 양하은, 김나영이 보인다. 탁구 선수 총출동이다. 전생에 나라라도 구한 걸까? 눈이 호강에 겨워 사치를 누리고 있다.

국가대표 선발전 둘째 날 탁구장 동료와 당진 고대 체육관을 찾았다. 백야 김좌진 장군 배 전국 오픈 대회가 열렸던 홍주 문화 체육 센터와 유사한 공간이지만 선수들은 생활체육인에서 탑랭커 프로선수들로 바뀌었다. 탁구대 다섯 대에서는 국가대표 선발을 위한 혈전이 벌어지고 있다. 선발되거나 떨어지거나. 한 경기 한 경기 선수들의 절박함이 느껴진다. 그들이 이러한 절실함으로 시합을 하는 동안 난 그저 탁구가 마냥 좋은 생활체육인으로서 관중석에 앉아 그들을 바라본다.

메인 탁구대에서 전지희 선수와 신유빈 선수의 경기가 시작된다. 여자 선수들의 경기는 처음 보는데 그게 바로 삐약이 신유빈과 여자탁구 랭킹 1위인 전지희의 경기라니! 이왕 왔으니 '뭐라도 하나 배워 가야지'라는 강박에 두 눈을 부릅뜬다. 그런데 보면 볼수록 뭘 봐야 하는지 혼란스럽다. 동료와 내가 처음 내뱉은 말은 "와, 진짜 빠르다. 왜 이렇게 빨라?"였다. 빨라도 너무 빨랐다. 저런 랠리 속도가 가능한가? 혀를 내둘렀다.

"하나라도 배워 가야 할 거 아냐? 다른 거 보지 말고 스텝만 봐." 입을 다물지 못하고 연신 "와"라는 감탄사를 내뱉는 내게 동료가 다그쳤다. 그러거나 말거나 나의 눈동자는 이미 그들의 코스를 가르는 랠리에 맞춰 박자를 탄다. 고개가 좌우로 움직이며 공을 따라다니느라 진자운동을 한다. 그의 말대로 그녀들의 스텝을 보려 했으나 빠르게 왔다 갔다 하는 공을 보느라 스텝만 보긴 어렵다. 나를 압박하던 동료에게 "뭘 보고 있어요?"라고 물으니 그 역시 "그러게, 뭘 봐야 하는지 모르겠네. 보느라 정신이 하나도 없어."라며 머쓱해한다.

이렇게 집중하지 못하는 데는 또 다른 이유가 있었다. 메인 탁구대뿐 아니라 다른 탁구대에서 펼쳐지는 경기도 봐야 했다. 양하은과 신효빈, 김나영과 김서윤, 서효원과 이시온의 경기가 동시다발적으로 진행되니 눈을 어디에 두어야 할지 몰랐다. 욕심인 줄 알지만 다 보고 싶었다. 눈은 네 대의 탁구대를 쫓아다니느라 그 어느 때보다 분주했다.

그런데 국가대표 선발전에서 뭔가를 얻어 가려는 것 자체가, 뭔가를 배워 가려는 것 자체가 우스운 발상 아닐까? 탁구를 시작한 나이, 하루에 훈련하는 시간과 양, 접근법 등 뭐 하나 생활체육인과 비슷한 조건이 하나도 없는데 마치 비슷한 조건이라도 되는 양 배울 점을 찾는다. 태생부터가 다른데, 뿌리부터가 다른데 우물가에서 숭늉을 찾는다. 그의 말대로 스텝을 보면 어쩔 것인가? 선수만큼 스텝 연습을 할 수 있나? 그만큼의 시간을 투자할 수 있나? 나는 프로가 아니라 생활체육인인데 말이다.

경기 관람 후 탁구장을 찾았다. 관장님이 대뜸 "뭘 배워 왔어?"라고 물으신다. 신유빈이 생각보다 다리를 많이 벌리고 랠리 하는 모습이 인상적이었던 나는 그녀처럼 다리를 쫙 벌리고 랠리를 한다. 그런데 관장님 왈, "이미 다리 넓이는 신유빈이야. 신유빈 포핸드 드라이브 못 봤어? 류선 씨는 드라이브 걸 때 팔이 너무 넘어가잖아. 그걸 고쳐야 한다니까 그러네." 다른 건 못 쫓아가도 다리 넓이는 쫓아갈 수 있겠다 싶었는데 망했다. 나와 함께 간 동료는 "선수들 백 드라이브가 엄청 빨랐다. 거의 백으로 승부를 보더라."라며 그걸 흉내 내느라 연신 미스를 한다. 미스를 해도 너무 하는 바람에 함께 게임 중이던 회원이 "국가대표 선발전을 잘못 보고 오셨네요. 그게 그렇게 한 번에 됩니까?"라며 급소를 찌른다. 맞다. 부작용이다.

뱁새가 황새 따라가다 가랑이 찢어질라. 그럼에
도 나와 그는 작은 시도를 해 본다. 똑같아지진 않
더라도 탁구에 새로운 기운 정도는 불어넣어 줄
수 있으니까.

올해로 구력 5년의 탁구인이 된다. 5년을 한
달 앞두고 마음이 착잡했다. 목표한 바도 못 이루
었고 어느 기술 하나 제대로 구사할 수 없다는 게
이유였다. '5년이면 뭔가 결과가 나와야 하는 거
아냐?' 스스로를 닦달하다 보니 탁구 치는 게 재
미없었다. 마침, 국가대표 선발전이 인근 지역에
서 열렸다. 6일 중 4일을 가고 또 갔다. 왕복 40분
이 걸리는 거리를 운전하면서 '나는 왜 가고 또 가
는 걸까?' 생각했다. 관중석에 앉아서도 '나는 왜
이 자리에 앉아 있는 걸까?' 생각했다. 답은 간단
했다. 그냥 재미있었다. 즐거웠다. 내 평생 언제
또 이런 선수들의 경기를 이렇게 지척에서 볼 수
있겠는가?

요즘 탁구가 재미없었던 것도 사실은 탁구에
너무 많은 의미를 찾으려 해서다. 5년이라는 시
간의 의미를 꼭 찾아내고야 말겠다는 강박이 오
히려 탁구를 재미없게 만들었다. 하루하루 충실

했으면 그것으로 만족하면 될 것을, 하루하루 최선을 다했으면 그것으로 만족하면 될 것을. 문유석의 『개인주의자 선언』이라는 책에 이런 문장이 나온다. "사실 의미를 따져 묻기 시작하면 할 수 있는 게 거의 없다. 세상은 완고하고 인간은 제각기 어리석다. 의미를 따지지 말고 자기만족이든 뭐든 마음 가는 대로 자유롭게 움직여야 한다." 모든 것에 기어이 의미를 찾고야 말겠다는 '의미병'이 문제였다. 국가대표 선발전을 보면서도 뭐라도 배워 가야 한다는 강박에 사로잡혀 있었다.

마지막 국가대표 선발전이 있던 날, 비로소 순수한 탁구 팬으로 거듭났다. 아무것도 배우려 하지 않았다. 그저 팬으로서 선수들의 경기를 지켜봤다. 마음 가는 대로 행동했다. 선수들이 랠리 하는 모습을 넋 놓고 바라봤다. 때로는 마음을 졸이기도 하고 때로는 손뼉도 치면서 그 순간을 마음껏 즐겼다. 서효원 선수와 양하은 선수의 국가대표 선발전 마지막 경기를 다 본 후 집으로 돌아오면서 마냥 좋았다. 원하는 만큼 실컷 덕질했다는 생각이 들었다. 탁구 팬으로서 호사스러운 사치를 누렸다는 생각도 들었다. 그리고 짐을 싸 터벅

터벅 경기장을 빠져나가는 선수들을 보며 그들은
국가대표 선발전이 끝나도 그들의 길을 묵묵히
걸어 나가리라는 것을 것을 알았다. 그러니 나도
묵묵히 나의 길을 걸어 나가면 된다는 것을. 에이!
또 뭘 알았단다. 요놈의 '의미병', 단번에 고쳐지지
않는군!

시기와 질투는 정말 나쁠까?

　연습 파트너와 암묵적인 룰이 있다. 다른 회원과는 게임을 하더라도 그와는 게임을 하지 않는다. 거의 매일 보는데 매번 승부를 내야만 하는 상황이 성향에 맞지 않아 연습만 함께 해 오고 있다. 다행히 그도 게임을 좋아하는 성향이 아니기에 누가 먼저 말할 것도 없이 이러한 룰이 자연스럽게 만들어졌다.

　게임만 하지 않을 뿐, 시스템 연습과 3구 연습만 해도 1시간이 쏜살같이 흘러간다. 시스템 연습이 늦게 끝나 3구 연습을 못 하는 날도 있다. 마음 편하게 연습할 수 있는 파트너가 있어 감사할 따름이다. 이제는 주 3회 그와 정해진 시스템을 연습하지 않으면 운동을 하지 않은 것 같은 찜찜한 기분이 드는 지경에까지 이르렀다.

　그러던 어느 날 무슨 바람이 불었는지 그가

게임을 제안해 왔다. 모처럼의 제안이기에 게임을 시작했다. 3 대 1로 그의 승리. 그의 다양한 서비스를 제대로 리시브하지 못했고, 연습 패턴에 젖어 아무 생각 없이 게임한 것이 패배의 원인이었다. 게임은 게임이고 연습은 연습인데, 게임이 연습인 줄 알고 연습 패턴으로만 게임 하려고 했다. 그만큼 연습 패턴에 젖어 있었다. 서비스 하나하나 머릿속으로 생각하며 게임에 집중했어야 했다.

졌으니 당연히 기분이 좋을 리 없다. 마음속은 시기와 질투로 부글부글 끓어오르다 못해 활활 타오른다. 같은 부수에게 졌다는 사실에 더 예민해졌는지도 모른다. 게임 내용을 복기하고 다음 게임의 계획을 세우느라 밤새 뒤척였다. 이럴 줄 알았다. 승패가 미치는 감정의 소용돌이가 균형 잡힌 일상을 깨뜨리는 게 싫어 그리도 게임을 하지 않으려 했건만 드디어 올 것이 오고야 말았다. 탁구장에서의 승패가 잠자리에까지 침투해 나를 KO패 시켰다.

이튿날 아침, 제대로 못 잤으니 몸은 찌뿌둥하고 시기와 질투로 마음은 쉽게 가라앉질 않는다.

살짜쿵 탁구

당연히 해야 할 일이 손에 잡히지 않는다. 책이 눈에 들어오지 않는다. 글쓰기는 말해 무엇하랴. 노트북 빈 화면엔 커서만 깜박거린다. 이래서 게임을 하기 싫다고요. 탁구로 인해 일상이, 루틴이 흔들리잖아요. 이런 생각과는 반대로 '탁구장에 빨리 가서 연습해야지. 더 열심히 해야겠어.'라는 마음이 꿈틀거린다. 이미 마음은 탁구장에 가 있다.

이렇듯 게임에서 진 경험을 좋은 동력으로 삼아 투지를 불태울 수 있다면 탁구 실력이 한 단계 성장하는 계기가 될 수 있다. 이성적으로는 그렇다. 하지만 문제는 시기와 질투라는 감정을 어떻게 받아들이느냐에 있다. 시기와 질투로 부글부글 끓어오르는 감정의 소용돌이를 받아들이는 게 너무 힘들다. 왜냐하면 시기와 질투는 신데렐라의 이복언니들이나 살리에르가 품는 나쁜 감정이며, 그런 감정을 품는 것 자체가 옳지 않다는 교육을 받아 왔기 때문이다. 그래서 속으로는 시기와 질투에 힘들어하면서도 밖으로는 아무렇지 않은 척 행동해 왔다. 승패에 연연하는 이런 감정 소모 따위 원하지 않는다고 자신에게 세뇌하면서 이러한 감정들을 보지 않으려고 했다. 불편하니 대면

하지 않으려 했다.

고미숙 고전평론가가 이런 말을 했다. "다른 사람을 보면서 샘도 내고, 질투도 하면서 투지를 불태울 수도, 좋은 동력으로 쓸 수도 있다. 다른 사람을 질투하면서 자기가 몇 걸음 더 나가게 되면, 다른 사람의 질투를 받기도 한다. 그러면 또 역지사지가 되고 이러면서 감정들이 훈련되는 거다. 고립된 채로 절대 성장은 없다. 그것은 본원적으로 불가능하다." 시기와 질투가 인간의 자연스러운 본성이라는 이야기임과 동시에 이러한 감정들의 훈련 없이는 성장이 불가능하다는 말이다. 그러한 감정 훈련 없이 너무나 편안한 길, 이를테면 연습만으로 점프해서 공중 부양 하려 했다. 어리석었다. 세상에 정면 대결 없이 거저 얻어지는 것은 없는데 말이다. 이러한 마음으로 고수들이 게임을 하는 모습을 보면 또 다른 세상이 보인다. 그들도 수없이 이러한 감정의 소용돌이를 겪었으리라. 질투하고, 시샘하고, 그것들을 극복하려 노력하고 그러면서 성장했겠지? 이러한 사이클이 자연스러운 과정이라는 걸 받아들이는 게 중요하다. 하지만 안다고 해서 단박에 받아들여지진 않

살짜쿵 탁구

는다. 시기와 질투라는 감정을 나쁘게만 보지 말고 인정하는 데서 출발하려고 한다. 수많은 밤을 뒤척여야 할 수도 있겠지만 이러한 것들이 나를 성장시키는 과정이라는 걸 받아들인다면 훨씬 마음이 편할 것이다.

<싱어게인>이라는 오디션 프로그램에서 가수 이승윤이 "다른 가수들 재능에 배가 아프다."라고 당당하게 말하는 걸 보고 깜짝 놀랐다. 아무렇지도 않게 배 아프다고 당당히 말하는 그가 신선하게 다가왔다. 마음속으로는 시기와 질투에 힘들어하면서 밖으로는 아무렇지도 않은 척 행동해 온 내 모습과는 정반대여서 마음에 와닿았는지도 모른다. 수많은 감정 훈련을 통해 자신의 감정을 솔직하게 인정하는 경지에까지 이르렀나? 부러웠다. 그처럼 그냥 배 아프면 배 아프다고 하면 될 것을, 본성을 거스르려고 하니 그리도 마음이 부대꼈나 보다.

앞으로 탁구를 치면서 비슷한 감정의 소용돌이를 수없이 겪을 것이다. 이러한 감정 훈련 없이는 성장도 없겠지? 그래서 결론이 뭐냐고? "아이고 배 아파. 배 아파서 안 되겠다. 꼭 이겨야겠다."

라는 말을 자주 입 밖으로 내뱉으려 한다. 그렇게 함으로써 시기와 질투라는 감정을 수면 위로 꺼내 놓으려 한다. 음지에서 양지로. 이러한 시도를 통해 시기와 질투라는 감정을 자연스럽게 받아들이려 한다. 나를 성장시키는 좋은 동력으로 쓰려고 노력하면서 말이다. 그럼에도 이러한 감정들은 그리 호락호락하지 않아서 아마 수많은 불면의 밤을 겪으리라. 그래도 겪어야겠지?

살짜쿵 탁구

재미있어서 탁구 치잖아요

한 고수님과 연습 중이다. 게임 때와 똑같이 서비스를 번갈아 두 개씩 넣고 자기가 하고 싶은 대로 리시브하거나 공격하는데 점수를 매기진 않는다. 이러한 연습을 하는 이유는 게임 때는 이기기 위해 시도하지 않을 새로운 기술들을 연습하기 위해서다.

요즘 공격적인 리시브 방법인 백핸드 드라이브(백 드라이브)에 푹 빠져 있다. '내 사전에 커트는 없다'라는 무모함으로 상대의 서비스가 길면 무조건 백 드라이브를 한다. 고수님이 커트 양을 많이 줘 서비스를 넣어도 그 무거운 걸 백 드라이브로 들어 올리겠다고 끙끙대며 안간힘을 쓴다. 무식하면 용감하다고 했던가? 요즘의 내가 딱 그렇다. 그럼에도 언젠가는 이러한 반복을 통해 이 기술이 온전히 내 것이 된다면 탁구를 더 풍성하게,

더 다양하게 칠 수 있을 거라는 희망으로 잦은 실수가 나와도 재미있다.

한참을 함께 연습하던 고수님이 답답했던지 "본인이 탁구 선수야? 선수들도 그렇게 다 백 드라이브를 하진 않아. 커트 양이 많은 서비스는 커트만 해서 넘겨 줘도 상대방이 그걸 감당하기 힘든데 도대체 왜 무리하게 백 드라이브를 거는 거야?"라고 묻는다. "백 드라이브로 리시브하는 법을 레슨 받고 있어 이걸 좀 집중적으로 연습하고 싶어서요."라고 답하자, 그는 이 문제를 게임에서의 확률로 확대한다. "실제 게임에서라면 5개 중 2개 정도만 들어가고 나머지는 다 실수할 거야. 그럼 이런 공은 당연히 커트로 넘기는 게 안정적이고 게임에서 이기는 방법 아냐?"라고 말한다.

물론 그 방법이 안전하다는 걸 안다. 하지만 나는 지금 게임에서 당장 이기는 방법이 아닌 새로운 리시브 방법을 배우는 중이다. 탁구를 좋아하는 가장 큰 이유는 이러한 반복 연습을 통해 기술들을 하나씩 내 것으로 만들어 가는 게 재미있기 때문이다. 서툴고 완벽하진 않아도 그 기술에 근접해 가고 있다는 느낌, 어제보다 조금씩 나아

살짜쿵 탁구

지고 있다는 감각이 좋다. 나만 이렇게 생각하는 걸까?

탁구 유튜버 탁뀨의 <탁뀨 TV>에서 국가대표 정영식 선수 인터뷰 영상을 보게 되었다. 탁뀨는 그에게 "저는 요즘 치키타에 꽂혀 있어요. 멋있으니까 일단 하고 보거든요. 저는 그게 재미있는데 주변에서 게임에서 이기지 못한다고 하지 말래요. 그런데 저는 이기면 좋지만 져도 좋거든요. 생활체육인이 치키타를 해야 할까요? 아니면 하지 말아야 할까요?"라고 묻는다. 그도 나와 같은 고민을 하고 있었다. 치키타는 탁구대 위에서 백핸드로 횡회전을 걸어 받아치는 기술로 탁구선수들이 구사하는 난이도 높은 기술이다. 생활체육인들도 치키타 기술이 멋있기 때문에 이 기술을 구사하고 싶어 한다. 정영식 선수는 "재미있어서 탁구 치잖아요. 재미있으면 뭐든 해도 돼요. 사실 그게 승리자예요. 항상 이기기 위해 탁구를 했기 때문에 이겼어도 재미를 못 느낄 때가 많았어요. 순간 이겼다는 안도만 할 뿐 재미가 없었어요. 10년 전 게임에서 그때 이겼느냐, 졌느냐는 인생을 사는 데 있어서 큰 역할을 하지는 않는 것 같아요. 좀 더 재미있게 승리해야 했는데 그게 인생에 있어서 더 큰 성공이 아닐까 하는 생각이 듭니다."라고 말했다.

"재미있으면 뭐든 해도 돼요. 사실 그게 승리자예요."라는 정영식 선수의 말. 내게는 재미있으면 주저하지 말고 뭐든 해도 좋다는 말로 들린다. 역시 사람은 자기가 듣고 싶은 대로 듣는다. 게임에서 지더라도 하고 싶은 백 드라이브를 마음껏 해도 괜찮다는 허락처럼 들린다. 지나간 게임 결과가 인생을 사는 데 큰 역할을 하지 않는다는 말 또한 많은 걸 생각하게 한다. 어제 이겼다고 해서 오늘 이긴다는 보장이 없는 게 탁구 경기다. 어제의 경기가 오늘을 대신해 주지 않는다. 게임은 그렇게 매일매일 흘러간다. 그렇다면 더더욱 자기가 하고 싶은 걸 해야 하지 않을까?

오늘은 정영식 선수의 조언이 자기 합리화의 근거가 되어 주었다. 합리화도 참 잘한다. 그러거나 말거나 이제 천군만마를 얻었으니, 실수를 하더라도 재미있는 백 드라이브를 마음껏 시도해 봐야겠다. 요즘 내게 이것만큼 재미있는 건 없다. 백 드라이브를 시도하다 지는 거니까 게임에서 져도 괜찮다. 어쩌면 사람 마음을 움직이는 건 본성에 가까운 '재미'이지 않을까?

탁구 친 지 얼마나 되셨어요?

"저 정도 치려면 얼마나 쳐야 해요?" 아까부터 탁구 치는 내 모습을 유심히 보던 한 신입 회원이 관장님께 묻는다. "빡세게 5년 정도 치셔야 해요." 어라! 으레 하는 답이 아니다. 원래 관장님의 레퍼토리는 이제 막 시작하는 신입 회원에게 꿈과 희망을 주기 위해 다음과 같았다. "열심히 치시면 금방 잘 칠 수 있어요. 탁구장에 자주 오시면 됩니다." 하지만 그날 그 말은 내게도 의외였다.

거의 매일 저녁 8시부터 10시까지 탁구를 친다. 웬만해서는 이 짧은 두 시간 동안 거의 쉬지 않는다. 레슨 받거나 탁구 로봇과 연습하거나 파트너와 시스템 연습을 한다. 돌아서 스매싱할 때는 특유의 '끙끙'거리는 소리를 내는데 이게 나의 시그니처가 되어 버렸다. 탁구장 문을 열고 들어서는 회원이 "탁구장 밖에서도 누님의 아! 아! 하

살짜쿵 탁구

는 소리가 들려요."라며 놀리기도 하고, "오늘은 너무 조용하신 거 아니에요?"라는 말을 듣기도 한다. "아직 소리 지르는 구간이 아니에요."라고 맞받아치는 경지에까지 이르렀다. 처음엔 그렇게 창피해하더니 유머로 승화를 시킨 건지 아니면 뻔뻔해진 건지. 이렇게 탁구장을 '꿍꿍'거리며 뛰어다니는 내 모습이 관장님에게도 빡세게 느껴진 걸까? "뭘 그렇게 열심히 쳐요?"라는 회원들 말은 간간이 들어 왔지만, 관장님에게 이런 이야기를 듣는 건 처음이다.

그렇다면 빡세게 5년 탁구 친 자의 탁구 실력은? 글쎄다. 초보라고 하기엔 애매하고 중수라고 하기엔 부족한 어느 지점에 서 있다. 탁구를 함께 배웠던 언니의 말이 떠오른다. "5년 되었는데 고수랑 시합할 때 매번 초보라고 말하고 있는 내가 정말 싫다. 언제까지 초보라고 말해야 하니?" 그럼 당당하게 "중수입니다."라고 말해야 하나? 아니면 "5년 정도 쳤습니다."라고 말해야 하나? 구력이 있어 초보자라 말하기엔 민망하고 중수라고 하기엔 실력이 모자라고.

지금의 내가 딱 그렇다. 하루하루 빡세게 치는

데, 눈에 보이는 성과는 미미하다. 그럼에도 작은 변화가 있다면 게임 중 나도 모르게 백쪽에서 돌아 스매싱을 해서 득점하는 빈도가 높아졌다. 이렇게 하기까지 백쪽에서 돌아서 상대의 백쪽, 화쪽으로 스매싱하는 연습을 1년 넘게 해 왔다. 징글징글하게 했고 지금도 주 2~3회 연습 중이다. 이 시스템이 탁구 스타일을 더 풍성하게 만들기 바라는 마음으로 계속하고 있다.

나 역시 "탁구 친 지 얼마나 되셨어요?"라는 질문을 종종 받는다. 구력을 묻는 누군가의 질문에 "5년 되었습니다."라고 자신 있게 말하지 못한다. "5년 되었어요."라고 이야기하면 반응은 두 가지로 나뉜다. "5년밖에 안 되었는데 잘 치시네요."와 "5년이나 되었다고요?" 두 번째 반응에는 '5년이나 되었는데 그것밖에 못 쳐요?'라는 눈빛이 세트로 따라온다. 두 번째 반응이 대부분이다. 구력을 말할 때마다 마음이 편치 않다. 구력을 물어 보았을 뿐인데 내 탁구를 평가받고 있는 것 같다. 이러니 구력을 묻는 말에 자신 있게 말할 수 있겠는가?

비단 나뿐일까? 고수들에게 같은 질문을 해도

마찬가지다. 어느 고수는 "탁구 친 지 10년 되었다. 하지만 중간에 2년 정도 쉬었다."라며 탁구 치지 않은 '2년'을 힘주어 말한다. 구력이라는 게 탁구 라켓을 잡은 순간부터가 기준이라 너 나 할 것 없이 변명 아닌 변명을 하게 된다. "그때는 열심히 안 쳤다.", "그때는 정말 아무것도 모르고 탁구를 쳤다.", "본격적으로 탁구를 한 건 언제부터다." 등등. 어떻게 해서든 구력을 최대한 줄이려 한다. 구력을 묻는 말에 답이 길어지는 이유이기도 하다. 10년이 넘었는데 부수 승급을 못한 회원은 구력 이야기하는 것 자체를 꺼리기도 한다.

탁구를 쳐 본 사람이라면 구력 대비 실력이 정비례하지 않는다는 걸 자연스럽게 알게 된다. 알 수밖에 없다. 노력하지만 노력한다고 해서 다 되는 건 아니라는 걸 알게 된다. 이때 어김없이 등장하는 말이 있다. "탁구 정말 어려워요. 징글징글하게 안 늘어요." 서로가 서로에게 이런 말을 건네며 위안을 삼는다. 나 또한 이 말에 기대어 "맞죠? 저만 안 느는 거 아니죠?"라고 격하게 공감하며 위로받는다.

그러나 일상은 정반대로 흘러간다. 서로 구력

을 물으며 평가하느라 여념이 없다. 5년 차면 이
정도는 되어야 하고, 10년 차면 이 정도 되어야
하고. 저 사람은 시작한 지 1년밖에 안 되었는데
엄청 빠르고. 마치 구력이 모든 걸 말해 준다는 듯
구력 대비 실력에 관해 이야기하느라 여념이 없
다. 나 역시 아무 생각 없이 구력을 묻고 구력 대
비 그 사람의 탁구 실력을 평가해 왔다. 그래 봐야
내가 쏘아 올린 '구력'이라는 화살에 내가 맞고,
부메랑처럼 돌아와 나를 평가할 텐데 말이다. 그
래서 요즘 내게 "탁구 친 지 얼마나 되셨어요?"라
는 질문은 금기어다. 내게도 그 질문은 하지 말아
주었으면 하는 바람으로 묻지 않는다.

자신 있게 "탁구 친 지 5년 되었습니다."라고
말하고 싶은데 그러질 못한다. 대신 이런 말을 한
다. "5년 쳤는데 하루 두 시간 정도밖에 안 쳤어
요." 빡세게 두 시간이라는 말은 쏙 뺀다. 왜 이러
는지는 너도 알고 나도 알고 모두가 알고 있다.

살짜쿵 탁구

부산에서 만난
세계 정상급 탁구 경기

"대-한민국, 짝짝 짝 짝짝", "대-한민국, 짝짝 짝 짝짝". 월드컵 축구 경기에서나 볼 수 있었던 우리나라 특유의 리드미컬한 응원 구호가 부산 벡스코 경기장에 울려 퍼진다.

"한국에 탁구가 도입된 시기는 확실치 않지만, 탁구계는 경성일일신문사가 1924년 1월 개최한 '핑퐁 경기대회'를 그 효시로 본다. 그래서 2024년은 한국 탁구 100주년을 맞는 기념비적인 해다."(출처: 세계일보)

한국 탁구 100주년이 되는 해인 2024년 우리나라에서 처음으로 세계탁구선수권대회가 개최되었다. 탁구 월드컵이라고 불리는 이번 대회에는 남녀 각 40개국 2,000여 명이 참가했다. 국제탁구 연맹(ITTF)은 홀수 해엔 개인전, 짝수 해엔 단체전을 여는 방식으로 대회를 개최하고 있다.

2024년은 짝수 해이므로 남자 단체전과 여자 단체전이 진행되었다. 우리나라 여자팀은 8강에서 세계 1위 중국에 패했지만, 우리나라 남자팀은 세계 최강 중국과 준결승전에서 맞붙었다.

경기장 입장 때부터 심상치 않았다. 구름떼 같은 관중이란 말을 실감했다. 길게 줄지어 선 관람객들 사이에서 2023년 평창 아시아선수권대회와는 분위기가 사뭇 달라 놀랐다. 그러면서 한편으로는 뿌듯했다. '그래, 탁구도 이렇게 관중이 많을 수 있다고.' 탁구협회 관계자도 아닌데 관람객이 많은 게 마치 내 일인 양 어깨가 봉긋 솟아오른다.

경기장 안에서는 경기 전 한국 대 중국 관람객의 댄스 배틀이 이어진다. 자신의 팀을 응원하는 그녀들의 춤사위를 보고 있노라니 탁구에 흠뻑 빠져 있음을 마음껏 분출하는 모습이 마냥 부럽기만 하다. 지난 평창 아시아선수권대회에서 중국 관람객들의 기세에 눌려 소심하게 손뼉만 치다 온 내가 생각나 좋은 걸 좋다고 당당하게 표현하는 모습이 부러웠는지도 모른다.

평창 아시아선수권대회의 주 관람객이 중국인들이었다면 부산 세계탁구선수권대회 준결승전의 관람객은 중계를 맡은 이동건 아나운서의 말대로 우리나라와 중국의 비율이 대략 반반 정도다. 팽팽한 댄스 배틀에 이어 드디어 경기가 시작된다. 국제무대에서도 생소한 SPP(스포츠 프레젠테이션)의 도입으로 탁구대에 화려한 조명이 비치고 박진감 넘치는 음악으로 분위기가 한껏 고조된 가운데 선수들이 입장한다. 마치 한 편의 쇼를 보는 듯해서 '탁구라는 종목이 이렇게 트렌디했어?'라는 생각이 들 정도다. 탁구가 새로운 옷을 입은 듯하다.

준결승전의 첫 번째 매치는 세계 랭킹 14위 장우진 선수와 세계 랭킹 2위의 왕추친 선수. 그런데 장우진 선수의 백핸드 탑 스핀이 심상치 않다. 주력인 포핸드 탑 스핀에 비해 백핸드 탑 스핀이 약하다는 평가를 받는 장우진이 오늘은 백핸드 탑 스핀으로 점수를 내기도 하고 백핸드 탑 스핀 후 포핸드 탑 스핀으로 점수를 내며 날아다닌다. 장우진이 한 점 한 점 딸 때마다 함성을 지르고 "장우진"을 외친다.

응원하는 데 소심한 성격인데 그런 나는 온데간데없다. 옆자리에 앉은 외국인 관람객도 우리나라 선수를 응원하고 내 자리에서 멀지 않은 대여섯의 청년들도 우리나라를 목청껏 응원한다. 묻어가기로 한다. 장우진이 마지막 매치 포인트에서 점수를 따 왕추친을 이겼을 때는 벌떡 일어나 환호성을 지르며 발을 굴렀다. 3 대 1로 장우진의 승리. 그가 얼마나 긴장했는지 왕추친과 인사를 하러 가는 도중 다리가 풀려 휘청휘청한다. '아! 한국이 중국을 이기는 날도 있구나!' 이런 역사적인 순간을 함께하고 있다니!

두 번째 매치에서는 임종훈 선수가 아쉽게도 세계 1위 판젠동 선수의 벽을 넘지 못했다. 세 번째 매치는 세계 랭킹 27위의 이상수 선수와 세계 랭킹 3위의 마롱 선수의 대결. "닥치고 공격하는 닥공 스타일인 이상수 선수와 치기는 편하지만 이기기는 어렵다는 마롱 선수"(정영식 해설위원)의 대결. 이상수 선수의 닥공 스타일이 통했나? 2 대 2 접전 끝에 3 대 2로 마롱을 이기고야 말았다. '이상수 너마저 마롱을 이기다니! 웬일이냐고! 이러다 진짜 세계 최강 중국을 이기는 거 아냐?' 경기장 분위기는 한껏 달아오르고 나 역시 흥분을 감출 수 없다. 내 가슴이 이렇게 터질 것 같은데

——— 살짜쿵 탁구

선수들은 지금 기분이 어떨까?

이긴 것도 물론 의미 있지만 뚫을 수 없는 벽처럼 느껴지던 중국 선수와의 경기에서 '한번 해볼 만한데?'라는 희망이 생긴 것 자체가 더 큰 기쁨이지 않았을까? 뚫지 못하는 벽은 아니었구나! 철옹성 같던 벽이 더 이상 벽으로 느껴지지 않던 그 순간이 얼마나 좋았을까? 중국 선수들에게 매번 졌지만, 다시 일어나 앞으로 나아간 끝에 이뤄 낸 승리.

결국 네 번째 매치 장우진 선수가 판젠동 선수에게 지고, 다섯 번째 매치에서 임종훈 선수가 왕추친 선수에게 져 중국에게 패했지만 내 평생 다시 못 볼 멋진 경기였다. 직관하면서 선수들의 긴장감과 호흡을 함께할 수 있는 경험은 특별했다. 웅성거리며 시끄럽다가도 선수가 서비스 자세를 취하면 숨 죽은 듯 조용해지며 작은 탁구공 하나에 모두의 눈이 집중되는 그 찰나의 순간. 멋진 랠리가 이어질 때는 "오!"를 연발하고 실수할 때는 "아!"라는 탄식을 함께 쏟아 내는 그 시간이 참 좋았다. 탁구 시합을 보면서 이번 대회만큼 선수들의 이름을 목청껏 외치고 손바닥이 얼얼하게 손뼉을 쳐 본 적이 있었던가? 이렇게 소리 지르며 벌떡벌떡 일어나 함성을 지른 적이 있었던가?

중국과의 경기 후 소감을 묻는 인터뷰에서 장우진 선수는 "팬이 없으면 선수도 없다."라면서 열띤 응원을 해 준 팬들에게 감사의 마음을 전했다. 이상수 선수 역시 "응원이 없었다면 좋은 경기를 하지 못했을 것이다. 앞으로도 팬이 응원할 수 있는 선수, 응원하고 싶은 선수가 될 수 있도록 노력하겠다."라고 말했다. 마롱 선수 역시 "한국 관중의 응원에 위축됐다. 한국에서 열린 이번 대회 현장 분위기는 다른 대회와는 사뭇 달랐다."라고 말했다.

우리나라 선수들에게도 이렇게 많은 관중은 아마 처음이지 않았을까? 랠리가 빠르게 멋있게 이어지는 걸 보며 감탄하던 앞자리의 관람객이 이렇게 말한다. "탁구 재미있는데?" '맞아요. 탁구 정말 재미있죠? 직접 탁구를 치면 얼마나 재미있게요?' 이렇게 말하고 싶었다. 손을 맞잡고 탁구의 세계로 인도하고 싶었다. "탁구 재미있네."라던 그분 혹시 탁구에 입문하셨으려나?

직관했는데도 여운이 가시질 않아 아침에 일

살짝쿵 탁구

어나자마자 중국과의 준결승전 경기를 다시 봤다. 다시 보아도 명승부다. 조용히 눈물이 차오른다. 100년 만에 처음으로 우리나라에서 세계탁구선수권대회가 열렸으니 내가 살아 있는 동안 다시 세계탁구선수권대회를 볼 날이 있을까? 앞으로 언제 또 열릴지 장담할 수 없다. 그렇기에 장장 5시간 30분이 걸리는데도 한달음에 부산으로 달려갔다. 버스 타고 SRT 타고, 다시 버스 타고 지하철 타고. 춤은 못 추지만 달려갈 순 있다.

아직 멀었다

2021년, 코로나19로 한 해 연기되었던 2020 도쿄 올림픽에서 한국 탁구계의 새로운 스타가 탄생했다. 바로 신유빈 선수이다. 신유빈 선수는 17세의 최연소 대한민국 국가대표로 세계 랭킹 85위다. 그녀는 첫 상대로 룩셈부르크의 58세, 세계 랭킹 42위의 니 시아리안 선수를 만났다. 이 경기는 두 선수의 나이 차이가 41세나 되었기에 큰 화제가 되었다.

니 시아리안은 15세 때 중국 대표팀 유니폼을 입은 '천재 탁구 소녀'였다. 20세 때인 1983년, 그녀는 중국 국가대표로 도쿄 세계 탁구 선수권 대회에 출전해 혼합복식과 여자 단체전에서 금메달을 땄다. 그녀는 1986년 중국 국가대표를 은퇴하고 1991년 룩셈부르크 국적을 취득했다. 룩셈부르크에서는 그녀에게 대표팀 코치를 맡기려 했지만 현역 선수들을 압도하는 실력에 선수로 전향했다. 그녀는 2000년 시드니 올림픽부터 2008년 베이징, 2012년 런던, 2016년 리우 올림픽까지 룩셈부르크 대표로 출전했으며, 이번 도쿄 올림픽은 그녀가 다섯 번째로 참가하는 올림픽이다. 그녀는 역대 올림픽에 출전한 여자 탁구 선수 가운데 가장 나이가 많으며, 2000년 이후 20년 이상 세계 랭킹 100위권을 유지한 유일한 선수이기도 하다.

그녀의 롱런 비결은 왼손잡이인 데다 양면에 핌플 러버를 장착한 중국식 펜홀더 전형이어서 상대 선수들이 까다로워한다는 점이다. 그러나 그녀의 '진짜' 롱런 비결은 탁구와 인생을 바라보는 그녀의 태도에 있었다. 그녀는 도쿄 올림픽 마지막 티켓을 획득한 후 "올림픽 메달을 딴다면 좋겠지만, 긍정 에너지와 도전 정신으로 탁구가 얼마나 아름다운 경기인지 세계에 보여줄 수만 있으면 그걸로 행복합니다. 결과보다 더 중요한 것은 행복입니다."라는 소감을 전했다. 단식 2회전 경기에서 신유빈에게 역전패한 뒤에도 그녀는 "오늘의 나는 내일보다 젊어요. 계속 즐기면서

도전하세요."라는 말을 함으로써 어떠한 마음으로 탁구를 쳐야 할지, 인생을 어떻게 살아야 할지에 대해 많은 생각을 불러일으켰다.

경기가 시작되었다. 그녀는 스텝을 거의 밟지 않는 대신 테이블 구석구석을 찌르는 노련한 플레이를 했다. 풍부한 경험을 앞세워 움직임을 최소화하는 니 시아리안의 플레이에 신유빈은 뛰어다니기 바빴다. 신유빈은 가벼운 스텝과 함께 좌우로 움직이며 공격을 펼쳤지만, 그녀는 거의 발을 바닥에 붙인 채 회전을 먹인 공을 테이블 구석구석으로 보내며 신유빈의 실책을 유도했다. 그녀의 움직임은 둔했지만, 신유빈의 공격을 가볍게 막아 내고 때론 벼락같은 공격을 선보이며 엄청난 구력의 힘을 보여 주었다. 절묘한 코스 공략과 강약 조절로 경기를 7세트까지 몰고 간 그녀의 경기력은 노련함 그 자체였다. 거의 탁구에 달관한 듯한 그녀의 플레이는 무술 대련을 보는 듯했다. 그녀는 마지막 세트에서 신유빈에게 밀리면서도 끝까지 포기하지 않겠다는 의미심장한 눈빛으로 마지막을 멋지게 장식했다.

그러나 신유빈과 니 시아리안의 경기를 중계

한 모 방송사 해설진은 그녀에게 "숨은 동네 고수 같은 느낌도 들고요. 탁구장에 가면 앉아 계시다가 갑자기 오셔서 스윙이나 폼을 보면 어디서 탁구를 쳤나 할 정도인데 게임을 하면 이기는 상대, 마치 게임 고수, 그런 상대지요."라는 중계를 하여 논란을 불러일으켰다. 올림픽 탁구 역대 최고령인 그녀의 투혼에 존경은커녕 '숨은 동네 고수'라고 표현하는 일은 올림픽 정신을 깎아내리는 부적절한 해설이며 무례한 중계라는 것이 이유였다. 한 나라를 대표하는 선수에게, 15세 때 중국 대표팀 유니폼을 입은 천재 탁구 소녀였던 그녀에게, 무려 다섯 번이나 올림픽에 참가한 그녀에게 '동네 고수'라는 해설이 적절한 표현이었을까?

어떠한 관점으로 경기를 보느냐에 답이 있다고 생각한다. 해설진은 젊음과 나이 듦의 프레임으로 경기를 중계했다. 나 역시 경기가 열린 다음 날 아무 생각 없이 "동네 탁구장에 계실 것 같은 분이 발을 거의 움직이지 않고 테이블 구석구석을 찌르는 노련한 플레이로 탁구 치는 모습 봤어요?"라며 해설진의 표현을 그대로 따라 했다. 그 말을 입 밖으로 내뱉고 내 귀로 들으면서 놀랐다.

'뭐라고? 너 여태 나이 든 분들을 이렇게 봐 온 거야?' 내가 말해 놓고도 아차 싶었다. 나 역시 해설진과 다를 바 없는 생각을 하고 있다는 걸 인정할 수밖에 없었다. 평상시 이런 관점을 경계하려고 그렇게 노력했건만 '내 인식의 변화는 아직 멀었구나!' 뜨끔했다. 안타깝게도 해설진의 말은 내 말이기도 했다.

그녀는 나이가 많다. 그녀는 어느 동네 탁구장을 가더라도 볼 수 있는 평범하고 친숙한 우리의 모습이다. 난 아직 그 나이가 아니라는 이유만으로 그녀의 모습을 부정했다. 머지않아 누구에게나 오는 나이이고, 누구나 그녀처럼 움직이지 않고 노련함만으로 탁구를 쳐야 하는 시기가 옴에도 단지 니 시아리안만의 스타일인 것처럼 말한다. 해설진은 그녀에게 "정말 경제적인 탁구를 해요. 체력 소모를 최소화하고 움직이지 않으면서 상대의 코스를 찌르는 경기 운영을 하네요."라고 말했다. 58세 본인에게 맞는 탁구를 하는 게 지극히 상식적인 일인데, 그녀의 플레이가 경제적이라며 다시 한번 그녀의 탁구를 조롱했다. 아니 그럼 그 나이에 신유빈처럼 좌우로 뛰어다니며 탁구를 쳐야 하나? 여기에 한 술 더 떠 "플레이 자체를 너무 여우같이 하므로 거기에 말려들면 안 된다."라는 말도 서슴지 않았다. 수십 년 풍부한 경험의 노련미가 순식간에 '여우짓'으로 곤두박질쳤다.

나이 든 사람을 어떻게 보는지에 대한 사회적 인식을 여과 없이 보여 주었다. 나도 예외는 아니었다. 에너지가 많이 필요한 운동인 탁구에서 60세 가까운 나이까지 최고의 실력을 유지한다는 건 결코 쉬운 일이 아니다. 그런데도 그녀가 예전에 어떤 이력을 가지고 있었는지는 전혀 생각하지 않고 현재 보이는 모습만 보고 쉽게 판단한다. 해설진이 17세 대 58세의 나이 차이라는 프레임 대신 존경과 경의의 프레임으로 해설했다면 어땠을까? 그녀의 경기는 사실 승패를 떠나 금메달 몇 개 이상의 가치를 보여 준다. 우리는 신유빈처럼 항상 젊지 않다. 해설진도 나도 그녀처럼 나이를 먹는다. 해설진과 내가 그녀에게 했던 표현은 그들에게도 내게도 부메랑처럼 돌아온다.

비단 니 시아리안만의 문제가 아니다. 내 부모, 내 주변의 어르신들을 보는 시각에도 이러한 프레임이 작동될 수 있다. 그가 누구더라도 누구에게나 찬란한 시절이 있었다는 것, 찬란한 시절이 없었어도 나이 듦만으로도, 최선을 다한 삶만으로도 존경받을 수 있는 사회적 인식이 필요하다. 다른 사람이 아닌 내게 하는 말이다. 누군가의 나이 듦을 깎아내리는 순간, 나 역시 그러한 세상을 살아야 한다. 알고 있었음에도, 마음에 새기는데도 현실에서는 자주 잊어버리고 실수를 반복한다. 그녀에게서 미래의 내 모습을 본다. 이 모습을 긍정할지 부정할지가 나의 출발점이다.

신유빈, 그녀가 만들어가고 있는 세상

장면 1. 2023 항저우 아시안게임의
탁구 혼합복식 시상식

공동 3위로 시상대에 오른 장우진 선수가 전지희 선수의 메달이 목에 잘 걸리도록 정리해 주는 모습이 화면에 잡히자 관중들은 "와" 하고 환호성을 지르며 열렬한 박수를 보낸다. 관중들 반응에 두 선수는 수줍어 어쩔 줄 몰라 하고 이 모습을 지켜보던 1, 2위 중국 선수들도 따라 웃으면서 시상식 분위기는 한껏 달아오른다. 이어 공동 3위로 시상대에 오른 임종훈 선수와 신유빈 선수는 마치 연습이라도 한 듯 볼 하트를 하며 활짝 웃는다. 아마 신유빈 선수가 제안했을 것이다. (실제로 신유빈이 "오빠, 제가 뭐 하자고 하면 해줄 거예요?"라고 부탁했다고 한다.) 신유빈은 임종훈에게 '오빠 잘했어.' 엄지 척을 하고 임종훈은 부끄러움에 어쩔 줄 몰라 손으로 얼굴을 가리기에 급급한데 얼굴에는 웃음이 떠나질 않는다. 메달을 받은 후, 임종훈은 장우진이 전지희에게 했던 것처럼 신유빈의 옷깃을 매만지며 메달을 정리해 준 다음 신유빈의 등을 토닥인다. 마치 "봐, 나도 할 수 있다고."라고 말하는 것 같다. 임종훈의 위트 있는 행동에 관중들은 또 한 번 뒤집어지고 우레와 같은 박수를 보낸다. 아니 시상식이 이렇게 흐뭇하고 즐거울 수 있냐고요? 이제까지 본 시상식 중 가장 유쾌한 시상식이었다.

장면 2. 2024년 파리 올림픽
여자 단체전 동메달 획득 후 인터뷰

기자: 신유빈 선수는 두 번째 메달이죠?

신유빈: 전 종목에 출전하면서 동메달 결정전을 세 번 했는데 마지막 단체전에서는 언니들과 함께 하니까 정신을 꽉 잡고 했던 것 같아요. 언니들이 너무 완벽하게 플레이를 하니까 언니들이 너무 신기하고 대단해 보였어요. (언니들을 한 번 쓱 본 후) 언니들한테 뽀뽀하고 싶어요.

이은혜: 이따 뽀뽀하자. 방에 들어가서 저희

뽀뽀할게요.

　기자: 지금 한 번 해 주시죠.

　전지희: 부끄러워요.

　기자: 서로가 서로에게 한마디씩 해준다면요?

　이은혜: 지희 언니랑 저는 같은 귀화선수잖아
요. 늘 언니 보고 많이 배우고 힘 받아서 언니한테
너무 고맙고요. 유빈이는 막내로서 대한민국 탁
구를 이끌어가는 게 얼마나 부담이 큰지 힘든 거
보면서 어린 나이지만 저도 많이 배워요. (전지희
선수와 신유빈 선수를 보며) 사랑해요.

　신유빈: 사랑해요.

　전지희: 사랑해요.

　신유빈: 혼자였으면 하지 못할 것들이었어요.
그동안 언니들이 힘들었던 것 제가 옆에서 다 봐
왔잖아요. 언니들이 조금이나마 보상받는 것 같
아서 기분이 좋고 제가 믿고 경기할 수 있어서 언
니들한테 너무 감사하다고 말하고 싶어요.

　전지희: 유빈이가 어린 나이에 그냥 잘 친다
는 이미지만 시합 때 보잖아요. 저는 솔직히 유빈
이가 새벽부터 야간까지 연습하는 모습을 더 많
이 봐요. 그 나이에 너무 고생 많았고 큰 부담감

가지고 한국 탁구 대표 에이스 역할로 슈퍼스타되는 거 기쁘고요. 은혜 선수는 고생을 많이 했어요. 큰 대회에서 귀화선수 한 명이라는 제한 때문에 몇 년 동안 고생 많았는데 이겨내고 함께 단체전을 하게 돼서 너무 고맙고 좋아요. 사랑해요.

신유빈: 사랑해요.

이은혜: 사랑해요.

언니들과 뽀뽀하고 싶다는 인터뷰를 본 적이 있던가? "언니들한테 뽀뽀하고 싶어요."라는 말은 그냥 나올 수 있는 말이 아니다. 만약 친한 동생이 "언니한테 뽀뽀하고 싶어요."라고 말한다면 나는 아마 '아니, 얘가 미쳤나?' 질색팔색 하며 뒷걸음질 쳤을 것이다. 그만큼 이 말은 신뢰와 애정이 쌓이지 않고는 나올 수 없는 말이다. 그걸 또 유쾌하게 받아주는 언니들이라니! 서로가 힘들어하는 부분을 정확히 알고 서로에게 힘이 되어주려는 마음과 행동들이 '핑퐁핑퐁' 오가면서 이런 말이 아무렇지 않게 자연스럽게 나오는 분위기가 만들어졌을 것이다. 서로가 서로에게 고마운 나머지 "사랑해요."라는 말이 흘러넘치는 인터뷰.

살짜쿵 탁구

예전에는 동메달을 따면 마치 죄라도 지은 양 침울한 표정 일색이었는데 동메달을 따도 이렇게 활짝 웃고 즐기는 모습을 볼 수 있다니! 시대가 변하고 있다는 게 느껴진다. 우리도 이제 순위에 연연하지 않고 성과에 대해 즐길 줄 아는 문화가 되어가고 있는 것 같아 보는 사람마저 마음이 따뜻해진다. 이러한 분위기 중심에 2004년생 신유빈 선수가 있다고 생각한다.

그녀는 2024년 파리 올림픽 탁구 단식, 혼합 복식, 단체전까지 모든 종목에 출전했다. 동메달 결정전만 세 번을 치렀고, 혼합복식과 여자 단체전에서 두 개의 동메달을 땄다. 혼합복식은 12년 만에, 여자 단체전은 16년 만의 메달이라고 하니 한국 탁구계에 이만한 경사가 없다. 2021년 시작된 손목 부상으로 1년 동안 탁구를 치지 못해 힘들어 하루도 안 빼고 울었다던 그녀가 부상을 이겨내고 이뤄낸 결과라 더 놀랍다. 모든 종목에 출전해 체력적으로도 힘들고 자신에게 거는 기대가 커 부담이 될 법도 한데 실수를 해도 웃음을 잃지 않고 다시 파이팅을 외치는 그녀가 어쩜 그리 예뻐 보이는지. 그녀에게서 밝은 에너지가 '뿅뿅뿅'

흘러넘쳤다. 누가 지었는지 '해피 바이러스'라는 별명이 찰떡이다.

메달도 메달이지만 인상적이었던 건 그녀가 올림픽을 대하는 자세였다. "지쳐서 지면 억울하다."라며 쉬는 시간마다 바나나, 납작 복숭아, 주먹밥을 챙겨 먹는 모습은 심히 귀여웠다. 긴장감 있는 경기인데 감독님에게 코칭을 들으면서 바나나 먹는 걸 보면 올림픽이 아니라 마치 소풍 나온 아이 같은 발랄함과 천진함이 느껴졌다. 진지하다 못해 비장한 선수들의 얼굴표정만 보다가 핸드폰으로 인증 사진을 찍어가며 야무지게 간식을 챙겨 먹는 그녀를 보는 건 색다른 즐거움이었다.

치열한 경쟁이라는 올림픽에서 대조되는 투샷. 같은 공간 다른 세계가 느껴졌다. 어쩌면 신유빈의 간식 먹는 영상이 그리 인기가 있었던 건 '올림픽이라는 무대가 꼭 무거워야만 하나? 꼭 진지하기만 해야 하나?'라는 생각 때문이지 않았을까? 경기 중 한 포인트를 따면 한쪽 팔을 번쩍 들어 올리며 파이팅을 외치고, 실수를 하더라도 시종일관 밝은 모습으로 다시 탁구대 앞에서 눈을 반짝이고 중간중간 간식을 챙겨 먹으며 힘을 내

살짜쿵 탁구

던 그녀. 그녀는 그녀만의 방식으로 올림픽을 치렀다.

그녀가 만들어가고 있는 세계가 마음에 든다. 임종훈 선수를 볼 하트하게 만들어 웃음꽃을 피우고, 언니들이 너무 고마워 언니들에게 뽀뽀하고 싶다고 말하는 그녀. 인터뷰 때 신유빈 선수보고 중앙에 서라는 전지희 선수의 말을 듣지 않고 기어이 전지희 선수를 중앙에 세우는 그녀. 이은혜 선수가 인터뷰 중 눈물을 쏟자 꼭 안아주는 그녀. 그녀의 세계는 참 따뜻하다. '치열한 스포츠 세계에서 저렇게도 살 수 있구나. 저렇게도 존재할 수 있구나.'라는 또 다른 삶의 방식을 그녀에게서 본다. 어디에서 어떤 방식으로 사느냐는 결국 내 선택에 달려 있다는 걸 그녀를 통해 배운다. 그래서 그녀를 보고 있으면 나도 모르게 입꼬리가 올라간다.

앞으로의 계획도 그녀답다.

"메달을 딴 건 좋지만 이번 경기는 끝났고 다음 시합이 있으니까요. 잘 쉬다가 탁구 계속할 거니까 열심히 연습할 것 같아요." 그녀의 경기는 계속될 거고 그녀가 만들어 갈 세계 역시 계속될 것

이다. 그녀가 만든 세계, 앞으로 그녀가 만들어 갈
세계를 응원한다.

살짜쿵 탁구

올림픽은 올림픽이고

 오늘은 파리 올림픽 신유빈 선수의 탁구 단식 8강전이 있는 날. 부랴부랴 저녁을 먹고 회원들과 함께 시합을 보기 위해 종종거리며 탁구장으로 향했다. '함께 응원하면서 보면 더 재미있겠지? 함께 보면 기쁨이 배가 될 거야.'라는 기대 만땅의 마음으로 그 어느 때보다 탁구장 문을 경쾌하게 열어젖혔다. 경기를 보면서 회원들과 대동단결할 생각에 이미 마음은 한껏 부풀어 있었다. 마침 상대 선수도 일본 선수라 '축구 한일전 못지않게 재미있겠는 걸' 실실 웃으며 혼자 신났다.

 두둥! 드디어 신유빈 선수와 히라노 미우 선수의 경기가 시작되었다. 그런데 이게 뭐지? 내가 예상한 그림이 아닌데? 탁구대에서 탁구를 치던 회원들이 TV 앞으로 몰려들어야 하는데 함께 응원해야 하는데 들어올 기미가 보이질 않는다. 신유빈 선수가 8강전을 하든 말든 관심이 없다. 한 탁구대에서는 이번 달 말에 열리는 전국 오픈 탁구대회를 위한 맹연습이 한창이고, 또 다른 탁구대에서는 초보 회원들이 랠리 연습을 하는데 경기에 관심조차 없다. 게임 하고 있는 두 명의 남자 회원들 역시 "몇 대 몇이에요?"라고 중간중간 물어볼 뿐이다. 어제는 장우진 선수에 대해 한참을 이야기하더니 여자 경기라서 흥미를 느끼지 못하는 건가? 게임을 지켜보는 사람은 나와 관장님, 그리고 두 명의 회원 총 네 명이다. 하지만 관장님도 금세 다음 레슨을 위해 레슨실로 들어가고 이제 남은 사람은 세 명뿐이다. 신유빈 선수가 3세트를 내리 이기자 두 명의 회원도 "끝난 거나 마찬가지네. 이제 탁구 치러 가요." 하면서 자리를 떴다. '아니 어디 가시냐고요?'

덩그러니 TV 앞에 혼자 남아 신유빈 선수를 응원하면서 생각했다. 아 놔! 내가 원하던 그림은 이게 아니었다고요. 아니, 오늘 탁구로 대동단결하는 날 아니었어요? 나만 김칫국을 들이마신 게 분명하다. 하지만 끝까지 지켜본 시합은 역대급 경기였다. 히라노 미우 선수가 갑자기 땀이 난다고 환복을 하더니 3 대 3으로 쫓아와 듀스의 듀스 접전 끝에 13 대 11 신유빈 선수의 승리로 끝이 났다. 탁구장에 막 도착해 여섯 번째 세트부터 함께 응원하기 시작한 한 회원과 손에 손을 맞잡고 탁구장을 방방 뛰며 환호성을 질렀다. 너무 크게 소리 질러 순간 부끄럽기도 했지만 에라 모르겠다. 무시하기로 했다. 어떤 방식으로든 기대하고 왔던 마음을 불살라야 했다. 이런 나와 다르게 회원들은 "탁구는 보는 것보다 치는 게 더 재미있다."라는 말을 증명하고 있었다.

탁구장 사람들의 이런 뜨뜻미지근한 반응 때문에 여자 탁구 단체전 동메달 결정전은 집에서 혼자 보기로 했다. 어차피 대동단결이 안 될 거라면 마음껏 소리 지르면서 응원하고 싶었다. 실제로 방 안에서 "와"와 "아"를 교차하며 난리굿 부르스 응원을 했다. 마침내 독일을 상대로 전지희, 이은혜, 신유빈 선수가 16년 만에 단체전 동메달을 땄다. 감격에 겨워 눈물이 나 한참을 멍하니 있다. 이 순간을 함께 나누고 싶어 주섬주섬 옷을 갈아입고 탁구장으로 향했다. '16년 만의 단체전 동메달이잖아. 이번엔 뭔가 반응이 있을 거야.' 기대감

이 퐁퐁 샘솟았다. '아싸! 이 기쁨을 함께 나누자고요.'

구장에는 관장님을 포함 다섯 명의 회원이 있었다. '다들 올림픽을 보느라 안 왔나?' 나는 감격이 채 가시질 않아 흥분한 상태였고 어찌 되었든 이 기쁨을 누구와든 나눠야 했다. 제일 먼저 눈을 마주친 회원에게 대뜸 "여자 단체전 경기 봤어요? 진짜 멋있지 않았어요?"라고 서둘러 물었다. "정말 대단했어요. 전지희 선수는 어떻고 이은혜 선수는 어떻고."라는 답을 정해놓은 채 그의 입에서 나올 말을 기다렸다. 그러나 내 기대는 무참히 깨졌다. 그는 쿨하게 "봤어요. 잘하던데요?" 한마디 하더니 한 회원과 게임을 한다며 자리를 떴다. 헐! 그게 다예요? 이대론 안 되겠다 싶어 관장님을 쳐다보며 '관장님과 단체전 소감을 나눠 볼까?' 했지만 관장님 역시 한 회원을 데리고 레슨실로 들어가버렸다. 메달 딴 지 한 시간밖에 지나지 않았는데 감동의 흔적이라곤 어디에서도 찾아볼 수 없었다. 회원들은 이미 일상으로 돌아가 자기 자리에서 탁구를 치기 시작했다. 이렇게 시크할 수가 있나? 올림픽은 올림픽이고 내 탁구가 더 중요

살짜쿵 탁구

하다는 건가? 이번에도 김칫국 한 사발을 시원하게 들이켰다.

연일 매스컴에선 탁구 대표팀이 혼합 복식에서 12년 만에, 여자 단체전에서는 16년 만에 메달을 땄다며 난리가 났다. 신유빈 선수는 또 어떤가? 그녀는 밝고 웃음 짓게 만드는 긍정의 아이콘으로 전 국민의 사랑을 받는 국민 여동생이 되었다. 이렇게 탁구에 관심이 집중되었던 적이 있었던가? 탁구의 위상이 높아진 것만 같아 탁구인으로서 뿌듯했다. 올림픽 내내 대표팀 선수들의 경기를 꼬박꼬박 챙겨보면서 격하게 응원하고 몰입했기에 이런 분위기에 흠뻑 취했다. '선수들처럼 멋지게 쳐야지, 더 열심히 연습해야지'라는 의지도 불끈불끈 솟아올랐다.

올림픽이 끝난 후에도 여운이 가시질 않아 이 사람 저 사람 붙잡고 "올림픽 어떻게 보셨어요?"라며 소감을 묻고 다녔다. 감동을 함께 나누지 못한 것에 대한 미련이 덕지덕지 남아 누구라도 붙잡고 이야기를 해야 나의 올림픽 대장정(누가 보면 내가 올림픽에 참가한 줄?)이 끝날 것 같았다. 배운 지 일 년이 채 되지 않은 한 회원은 "올림픽 탁구는 처음 봤어요. 제가 탁구를 해서 그런지 정말 재미있더라고요."라는 소감을, 여성 센터에서 탁구를 배우고 있는 동생은 "더 일찍 탁구라켓을 잡았어야 했는데 아쉬워요. 선수들 발끝에라도 쫓아갈 수 있을까요?"라는 소감을 말했다. 탁구를 치진 않지만 탁구 경기를 재미있게 봤다던 지인의 소감은 인상적이었다. "조그만 탁구공을 무슨 보물 다루듯이 하면서 서비스를 넣던데 공을 바라보는 눈빛에서 탁구에 대한 애정이 느껴지더라고요." 한 번도 생각해 보지 못한 예리한 관찰력에 그렇게 볼 수도 있겠다 싶었다. 성에 차진 않았지만 이 정도 소감을 나누었으면 됐다 싶어 '이제는 나도 일상으로 복귀해야지'라는 생각이 들었다.

이 무렵, 신유빈 선수가 광고업계에서 손흥민 선수와 가수 임영웅을 제치고 광고 스타 브랜드 평판 1위를 차지했다는 소식이 들려왔다. 이런 분위기라면 '탁구에 대한 인기가 높아져 너도나도 탁구를 하겠다고 하는 거 아냐?' 흐뭇해하며 관장님께 물었다. "올림픽 후 탁구장에 회원이 좀 늘었나요?" 답정녀답게 이런 말이 나오길 기대하면서 말이다. "그럼 늘었지. 늘었고 말고." 하지만 우

살짜쿵 탁구

리 관장님, 이렇게 말씀하셨다. "그런 거 전혀 없는데? 올림픽 보고 탁구 치겠다고 오는 사람 없는데? 회원이 늘었던 건 <올탁구나>라는 예능 프로그램이 방영될 때뿐이었어."

아! 어쩌면 이렇게도 매번 기대가 빗나가는지. 김칫국만 벌써 세 사발째다. 그럼에도 유난히 덥고 습했던 이 여름, 파리 올림픽에 흠뻑 취할 수 있어서 행복했다. 물론 혼자 북 치고 장구치고 다했지만 말이다. 이제는 올림픽이라는 추억을 떠나보내고 일상으로 돌아와 내 탁구를 칠 때가 왔다. 올림픽 앞에서도 본인들의 탁구가 더 중요한 우리의 시크한 회원들 속에서 탁구를 칠 때가 왔다.

올림픽은 올림픽이고.

에필로그

오래오래 탁구 치고 싶습니다

○○ 탁구장에서 열린 리그전에 다녀오던 차가 갑자기 로또를 파는 복권방 앞에 멈추어 선다. 본선 1회전에서 탈락한 옆자리 언니는 "왜 졌지? 아무것도 못 해 보고 지다니. 아! 짜증 나." 이 세 문장을 돌림노래처럼 반복한다. 나 역시 이런 경험이 있기에 그녀의 말이 꼭 내가 하는 말처럼 들린다. 대회에 나가거나 게임을 다니다 보면 수없이 일어나는 일이고 앞으로도 수없이 반복될 일이다. 탁구라는 게 원래 그렇다. 상대성이라는 것도 있고 똑같은 구질의 탁구인은 한 명도 없기에 이런 일이 부지기수로 일어난다. 이런 일들이 반복되어 구력이 쌓이고 실력이 쌓이는 걸 알면서도 마치 처음 겪는 일처럼 매번 당혹스러워한다.

침통한 차 안 분위기는 복권 하나를 사면서 180도 달라졌다. 네 명 중 유일하게 본선 2회전

에 진출한 동료의 말 한마디 때문이었다. "로또 1
등 되면 내가 중국으로 탁구 유학 보내 줄게." 그
녀는 "정말요? 진짜 중국으로 탁구 유학 가고 싶
어요. 로또 맞으라고 기도해야겠어요."라며 들뜬
표정이 된다. 곧 탁구 유학을 떠날 사람이라도 된
양 신났다. 50대 초반 둘, 50대 후반 둘은 그렇게
'중국 탁구 유학'이라는 단어 하나에 기분이 좋아
져 어쩔 줄 모른다. 좀 더 나은 탁구를 위해서라면
유학도 불사하겠다는 의지를 불태운다. 유학길에
오르는 나를 상상해 본다. 그러다가 탁구, 이게 뭐
라고 반백의 나이에 유학을 떠나서라도 잘해 보
겠다는 건지 피식 웃음이 새어 나온다. 나이 들어
무언가를 욕망하면 노욕이라는데 노욕이라고 느
껴지기는커녕 마냥 즐겁다. 젊지 않은 나이에 이
렇게 나아지려고 노력하는 무언가를 손에 쥐고
있다는 게 마냥 좋다. 앞으로도 노력하는 존재라
는 자부심을 가지고 살 수 있기에 마냥 행복하다.

5년 전에는 상상도 할 수도 없었던 욕망. 전업
주부로 20년을 살았다. 한 번에 하나밖에 못 하는
인간이라 아이 둘을 키우는 일도 벅찼다. 그 긴 시
간 속에서 누구의 아내가 아닌, 누구의 엄마가 아

살짜쿵 탁구

닌 온전한 인간으로 살게 해 준 건 일주일에 한 권의 책을 읽고 토론하는 모임이었다. 일상은 잠시 잊고 전혀 다른 세상에 와 있는 듯한 착각이 들게 하는 그 시간을 10년 넘게 이어 오고 있다. 그렇게 머리만 비대해지던 내가 탁구라는 운동을 일상에 들이면서 참 많이도 변했다.

책 읽고 토론하는 것만이 유일한 취미고 몸을 움직이는 것엔 도통 관심이 없던 인간이 탁구를 함께 시작한 사람 중 가장 오래 버티고 있다. 버티는 건 잘한다는 걸, 꾸준히는 잘한다는 걸 탁구를 하면서 알았다. '내게도 몸이라는 게 있었구나, 팔다리를 움직이면 몸이 이렇게 움직이는구나!' 낯설고 신기했다. 한쪽으로만 치우쳐 머리만 쓰고 살던 인간이 그렇게 40대 후반의 나이에 자신의 몸을 알아 가기 시작했다. 조금만 움직여도 피곤해 자주 쉬어 주어야 했던 저질 체력의 소유자는 근육량이 2킬로그램이나 증가하고 튼실해진 허벅지를 가진 생활체육인으로 거듭났다. 있는지도 몰랐던 몸이 서서히 변해 가는 과정을 지켜보는 건 유쾌한 경험이다. '앞으로 내 몸이 얼마나 더 변할 수 있을까?' 기대가 되는 것도 사실이다.

에필로그

육체가 달라지고 강해졌다는 자부심은 자신감 넘치는 눈빛과 표정으로 드러나기 시작했고 어디에나 운동복을 입고 다녀도 부끄러워하지 않는 운동인이 되었다. 한 가지 유니폼만 입어 "류선 씨는 옷이 그것밖에 없어? 제발 다른 탁구복 입으면 안 돼?"라는 말을 듣던 사람이 이제는 남편에게서 "아니 여기가 무슨 스포츠 매장이야? 전부 탁구복이네."라는 말을 듣는다. 그렇게 탁구는 생활의 일부가 되어 글쓰기와 더불어 하루도 빼먹지 않는 루틴이 되었다. 그렇게 탁구 치는 작가 지망생이 되었다. 글쓰기라는 세계와 탁구라는 세계를 넘나들며 더 나은 인간으로 성장하길 바라며 살고 있다. 이제야 정신활동에 치우쳤던 일상에 신체활동이 자리를 잡아 나름의 균형을 찾은 듯한 느낌이다. 삶의 균형을 찾아가고 있는 듯하다.

나이 마흔여섯에 라켓을 잡고 5년의 세월이 흘렀다. 신체적인 변화도 컸지만, 탁구를 하면서 생긴 가장 큰 변화는 내 삶과는 무관하다고 생각했던 스포츠라는 세계가 달리 보이기 시작했다는 것이다. 스포츠인은 물론 무용하는 사람, 댄서 등 몸을 쓰는 사람들이 눈에 들어오기 시작했다. 가수 김종국을 예로 들자면, 기존에는 닭가슴살을 갈아 마시고 헬스 좀 하는 연예인 정도로 알고 있었다면 가수 성시경의 말마따나 '몸으로 책을 낸 사람'이라는 생각으로 인식이 바뀌었다. 매일 수행하듯 운동해야 그런 몸이 된다는 걸, 그렇게 쉬운 일이 아니라는 걸 탁구를 하면서 자연스럽게 알게 되었다. 책만 읽던 바보가 '인간이 몸으로도 책을 낼 수 있구나!' 생각하게 되었다. 이제는 스포츠 선수를 보면 "와! 잘한다."가 아니라 얼마나 많은 반복연습을 해야 저렇게 할 수 있는 건지, 얼마나 많은 고통의 시간을 굽이굽이 건너왔을지를 상상한다. 보이는 것들 너머가 보이기 시작했다. 현실은 그대로인데 관점이 바뀌었다.

그럼, 탁구 실력은 5년 전과 비교해 어떻게 변했을까? "제대로 구사할 수 있는 기술 하나가 없다니까요."라고 푸념하는 내게 관장님은 이렇게 말한다. "개구리 올챙이 적 생각 못 한다더니, 공속도가 20배(?)는 빨라졌잖아. 허벅지 좀 봐. 허벅지는 신유빈급이야. 그럼 성공한 거 아냐?" 그렇다. 과거의 나를 생각하면 정말 용 됐다. 그럼에도 최종 목표인 '포핸드 드라이브와 백핸드 드라이브를 자유자재로 구사하기'까지는 갈 길이 멀기에 때로는 잘 가고 있는 것 같아 뿌듯해하다가도 때로는 잘못된 길로 가고 있는 건 아닌지 의심스러워 혼란에 빠지기도 한다. 주기적으로 반복되는 사이클이다. 그나마 탁구라는 운동의 특성상 나이 들어서까지 오래 할 수 있는 운동이라 조바심 내지 않으려 마음먹지만, 또 마음만으론 되지 않는 게 인생인지라 매번 허둥댄다.

그럼에도 탁구를 정말 좋아한다. 이렇게 대놓고 탁구를 좋아한다고 말하기까지 5년의 세월이 걸렸다. 일상이 탁구로 잠식당하는 게 싫어서 밀당도 참 많이 했다. 뭔가에 이토록 미쳐 본 경험이 없기에 탁구에 미쳐 가는 스스로를 감당할 수 없었다. 늦바람이 무섭다고 탁구에 제대로 바람이 났다. 5년이나 지났음에도 탁구 이야기만 나오면 눈을 반짝인다. 탁구 친 지 40년이 지났는데도 탁구 이야기에 아직도 열변을 토하시는 관장님을 보고 있노라면 나 역시 이 길을 10년, 아니 20년 이상 걸어갈 것 같은 불길한 예감이 든다. 그러면서 한편으론 '뭔가에 대한 애정을 수십 년 동안 가

살짜쿵 탁구

질 수 있다는 것만으로도 축복 아닐까? 그런 존재를 가지고 있다는 것만으로도 빛날 수 있는 게 인간이지 않을까?' 생각한다.

처음엔 수십 년 탁구를 쳐 온 사람들이 왜 그렇게 지칠 줄 모르고 탁구 이야기를 하는지 이해하지 못했다. 왜 그렇게 눈을 반짝이는지 알지 못했다. 그랬던 내가 요즘은 그 누구보다 탁구 이야기에 눈을 반짝인다. 자체 발광하고 있다는 게 느껴질 정도다. 목소리 톤도 점점 올라간다. 이때쯤 누군가 "왜 그렇게 탁구가 좋아요?"라고 묻는다면 이렇게 대답할 것이다. "그냥 좋습니다." 이유를 찾다가 포기했노라고. 좋은데 무슨 이유가 있냐고. 이런 마음이 오래오래 갔으면 좋겠다. 이런 마음으로 오래오래 탁구 치고 싶다.

오래오래 탁구 치고 싶습니다.